Arena-Taschenbuch
Band 50995

Ebenfalls von der Autorin im Arena Verlag erschienen:

Shoppingfalle

Meine schöne Schwester. Der Weg in die Magersucht

Eine Mutter zu viel. Adoptiert wider Willen

Liebe passiert

Die Clique. Wenn die Gruppe Druck macht

Drama Princess. Topmodel – um jeden Preis?

Alessas Schuld. Die Geschichte eines Amoklaufs

Blind Date. Wenn Liebe sehen lässt

Heart Crash

Herzsprung. Wenn Liebe missbraucht wird

Jeansgröße 0. Kein Gramm zu viel

Feuerprüfung. Wenn Freundschaft keine Regeln kennt

Kein Weg zu weit. Ein Mädchen zwischen Flucht und Hoffnung

PartyGirl

Liebe wie die Hölle. Bedroht von einem Stalker

Brigitte Blobel,

1942 geboren, studierte Politik und Theaterwissenschaft. Heute arbeitet sie als erfolgreiche Journalistin und schreibt Drehbücher für Film und Fernsehen sowie Romane für Erwachsene und Jugendliche, für die sie bereits mehrfach ausgezeichnet wurde. Sie ist eine der beliebtesten deutschen Autorinnen.

www.blobel-lesen.de

BRIGITTE BLOBEL

Rote Linien

Ritzen bis aufs Blut

Arena

MIX
Papier aus verantwortungsvollen Quellen
FSC® C110508

1. Auflage als Sonderausgabe im Arena-Taschenbuch 2017

Covergestaltung: knaus. büro für konzeptionelle und visuelle identitäten, Würzburg, unter Verwendung eines Fotos von Lena Marh © gettyimages
Sondergestaltung und Umschlagtypografie: Milena Schlosser
Gesamtherstellung: Westermann Druck Zwickau GmbH
ISSN 0518-4002
ISBN 978-3-401-50995-2

Besuche uns unter:
www.arena-verlag.de
www.twitter.com/arenaverlag
www.facebook.com/arenaverlagfans

1. Kapitel

Sie sitzen auf der Bank in der Lietzenauer Straße und warten. Weil die Bank – drei zusammengenagelte Bretter auf zwei Betonklötzen – vom Regen nass ist, hat Sven eine Zeitung aus der Tasche gezogen und sie ausgebreitet. »Damit deine Klamotten nicht nass werden«, hat er zu Kitty gesagt.

Kitty hat gelächelt und sich brav hingesetzt. Es wäre ihr egal gewesen. Jeans werden auch wieder trocken. Sie sind an diesem Tag schon zweimal in den Regen gekommen.

Sven hat zwei Currywürste für sie besorgt, schon klein geschnitten, auf einem Pappteller, mit Currysoße und einem Klecks Mayo. Dazu für jeden ein trockenes Brötchen. Die Krumen sitzen Kitty immer noch in der Kehle. Sie hat Durst, aber keine Lust, aufzustehen und am Kiosk eine Cola zu kaufen, sie hat eigentlich zu überhaupt nichts Lust. Sie sitzt da, die Schultasche zwischen den Füßen, die Arme auf die Knie gestützt, und starrt vor sich hin. Im Rinnstein hat sich Wasser angesammelt, der Gully ist verstopft. Auf der Pfütze schwimmt ein kleines Papierschiff. Das hat Sven gebastelt, aus einer Viertel Zeitungsseite. Das Schiffchen saugt sich voll Wasser, wird immer schwerer. Kitty rechnet jeden Augenblick damit, dass es untergeht. Der Bug ist schon unter Wasser. Sie weiß, dass sie losheulen wird, wenn das Schiff untergegangen ist. Und

sie weiß auch, dass sie das nicht zulassen darf. Wegen so einer Sache heulen. Aber ein kleines Papierschiff, das so tapfer auf dem Wasser herumsegelt, um dann doch unterzugehen, das ist doch todtraurig . . .
Sven stößt Kitty sanft in die Seite. »Mensch«, sagt er, »mach nicht schon wieder so ein Gesicht!«
»Ich mach doch gar kein Gesicht«, Kitty reißt sich zusammen. Sie lächelt Sven an. »Ehrlich, es geht mir gut.«
»Haha«, sagt Sven, »du hast schon mal bessere Witze gemacht.«
»Dein Schiff geht gleich unter«, sagt Kitty, um ihn abzulenken.
»Klar, ist ja Zeitungspapier. Das saugt sich schnell mit Wasser voll.« Er mustert Kitty. Er runzelt die Stirn, überlegt. »Soll ich es retten?«
Kitty nickt. Sofort steht Sven auf, schiebt den Ärmel seiner Jeansjacke zurück und fischt das Segelschiff aus der Pfütze. Er setzt es auf dem Kopfsteinpflaster neben Kittys rechten Fuß ab. »Okay?«, fragt er.
Kitty beugt sich vor, nimmt das Schiff, kippt es um und lässt das Wasser herauslaufen. »Ja, okay«, sagt sie.
Sven atmet tief durch. »Oh Mann. Du bist ganz schön kompliziert, weißt du das? Ich hab schon gedacht, du würdest wegen diesem Schiffchen anfangen zu heulen. Bloß, weil das in der Pfütze absäuft.«
»Quatsch«, sagt Kitty. »Ich heul doch nicht wegen so was.«
Gegenüber der Mietblocks, in dem Kitty wohnt. Roter Klinker, weiße Fenster, der Eingang mit grauen Granitsteinen eingefasst. Die Eingangstür hat oben Glasscheiben, eine ist zersprungen. Der Glaser sollte schon vor Wochen kom-

men, die Mieter sind alle sauer deswegen. Aber dem Besitzer ist es offenbar egal. Manchmal geht in dem Flur das Licht an. Im Dreißigsekundentakt geht es dann wieder aus. Der Hausbesitzer spart Strom. Es ist Anfang März, fünf Uhr Nachmittags und fast schon dunkel. Es ist den ganzen Tag nicht richtig hell geworden. Die Nebelschwaden hängen so tief, dass man nicht einmal die Spitze des Kirchturmes sieht. Kitty hat an diesem Vormittag eine Englischarbeit geschrieben. Man sollte eine Geschichte, die im Präsens geschrieben war, in die Vergangenheit übertragen. Der Titel: »Sunshineparadise«. Eine Geschichte über Kalifornien und das tolle Leben da am Pazifik, meterhohe Wellen und Kids, die den ganzen Tag nichts anderes tun, als mit ihren Surfbrettern gegen die Wellen anzuschwimmen, sich dann eine Weile treiben lassen, auf eine Riesenwelle warten, auf dem Wellenkamm mitkraulen, aus der Hocke aufstehen und an den Strand reiten. Wie Cowboys. Kitty kann sich unter einem Sunshineparadise nichts vorstellen. Eines weiß sie aber genau: Leipzig ist nicht so. Kein Sunshineparadise, da, wo sie geboren wurde, wo sie immer noch lebt. Ohne Chance, dass sich daran je etwas ändern würde.

Nur einmal hat sie eine Ahnung gehabt, wie das Leben auch sein könnte. Wenn es schön ist. Wenn man sich gut fühlt, vollkommen mit sich und der Welt im Reinen ist. Wenn man morgens aufwacht und das Fenster aufreißt, die Arme ausbreitet und einfach nur lächelt, weil alles so schön ist.

Das war in Ahrenshoop gewesen, auf Hiddensee. Dem schönsten Fleckchen von Europa, wie ihre Mutter immer sagte. Dabei hatte sie von Europa nichts anderes gesehen als Deutschland. Aber vielleicht stimmte es sogar: Sie waren in den Sommerferien nach Hiddensee gefahren, auf einem alten Pferdefuhrwerk über den Deich und dann in die Pension, in der sie die Zimmer gemietet hatten. Ihr Zimmer war im Erdgeschoss und hatte eine Tür in den Garten und eine andere Tür in ein Zimmerchen, das die Vermieterin »Waschkabinett« nannte. Mit blau-weißer Tapete und einer Badewanne auf Füßen. Über der Badewanne ein Messingring, an dem der Badevorhang herunterfiel. Wenn sie morgens aufwachte, stieß sie als Erstes die Holzklappen vor dem Fenster auf. Um zu sehen, ob die Sonne schien. Und sie schien immer, jeden einzelnen Tag in diesen Ferien. Der Raps blühte und durch das Weizenfeld ging ein Wind. Man hörte das Wiehern der Pferde auf der Nachbarkoppel und oben am Himmel die Möwen, die sich vom Seewind tragen ließen, höher und höher, und ihre heiseren Schreie. Das war wunderbar gewesen. Das Frühstück unter dem Apfelbaum. Ihre Mutter immer so vergnügt, in bunten Kleidern und barfuß. Und ihr Vater fuhr mit den Fischern aufs Meer, zum Dorschefangen. Frühmorgens verließ er das Haus, wenn es dämmerte, und kam Mittags zurück. Stolz wie Oskar, wenn sie einen guten Fang gehabt hatten. Wie sie stundenlang am Meer entlanggegangen war. Muscheln sammeln. In den Dünen sitzen und träumen, dieses kleine Haus hinter den Dünen, mit dem Strohdach, wäre das eigene. Und dann müsste sie nie wieder zurück nach Leipzig. Nie wieder Schule. Nie wieder graue Häuser, grauer Himmel und graue Gedanken . . .

»Also«, sagt Sven entschlossen, »packen wir's?«
Er steht auf und knöpft die Jeansjacke zu.
Kitty rührt sich nicht. Sie blickt auf die Fenster im dritten Stock, rechts vom Treppenaufgang. Das ist ihre Wohnung. Da sind jetzt ihre Eltern. Ihre Mutter in der Küche. Das Küchenlicht brennt. Manchmal sieht sie den Schatten ihrer Mutter. Im Wohnzimmer flimmert der Fernseher. Dies bläulich flackernde Licht, das nur Fernsehbildschirme aussenden, kann man immer von allen anderen Lichtquellen unterscheiden.
Kitty hat gesehen, wie ihre Eltern nach Hause gekommen sind. Zuerst ihre Mutter. Das war gegen zwei. Sie hatte zwei Plastiktüten von ALDI dabei. Vielleicht hatte sie Kittys Lieblingsjoghurt gekauft. Joghurt mit Vanillegeschmack. Mittwochs ist immer Einkaufstag. Da hat sie früher Feierabend. Ihre Mutter in der schwarzen Uniform. Kittys Mutter arbeitet bei den schwarzen Sheriffs. Vorher war sie bei der Polizei, noch vor der Wende. Volkspolizistin. Jetzt arbeitet sie für eine private Sicherheitsfirma. Sie kontrollieren den Eingangsbereich eines großen Kaufhauses. »Was glaubst du, was da für Kriminelle rumhängen«, sagt ihre Mutter . . . Eine Pistole trägt sie nicht bei der Arbeit, nur einen Schlagstock. Die Pistole liegt zu Hause im Nachttisch. Der ist immer abgeschlossen. Zu der schwarzen Uniform trägt ihre Mutter weiße Hemdblusen, die wie Männeroberhemden geschnitten sind. Aus Baumwolle. Jeden Abend bügelt sie eine Bluse für den nächsten Tag und ein T-Shirt oder ein Hemd für Kitty. Kitty liebt XXL-Leinenhemden. Morgens, wenn sie das Haus verlässt, stellt Kittys Mutter die Waschmaschine an. Einmal

hat es im Haus einen Wasserschaden gegeben, weil die Waschmaschine der Nachbarn kaputt war. Aber Kittys Vater sagt, das kann bei ihnen nicht passieren. Das ist eine Markenwaschmaschine. Mit Garantie.

Die Uniform musste Kittys Mutter nicht selber kaufen, sie wird von der Firma gestellt.

Jeder Mitarbeiter erhält zwei Hosen, eine Jacke und einen Regenmantel. Im Winter trägt ihre Mutter eine dicke Strickjacke unter der Uniformjacke. Ein Mantel, sagt sie, würde das Bild verfälschen. Dann sieht ja keiner, wer ich bin. Dann hat keiner Respekt.

Um drei Uhr ist Kittys Vater von der Arbeit gekommen. Er ist bei der Bahn beschäftigt, im Rangierwerk. Leute wie er, sagt er immer, sorgen dafür, dass die Menschen sicher von A nach B kommen. Dass Züge nicht aufeinander losrasen, sondern aneinander vorbei. Früher hat Kitty oft von zwei Zügen geträumt, die direkt aufeinander zurasen. Und dann gab es einen Knall und einen Feuerball und sie ist mit einem Schrei aufgewacht. Als sie klein war, hatte ihr Vater sie oft mitgenommen ins Stellwerk. Und ihr die Pläne von all den Zügen gezeigt und die kleinen Tafeln mit all den Lämpchen und Glühbirnen, die angaben, wo gerade welcher Zug unterwegs war. Er hat gelacht und Kitty geküsst, wenn sie gesagt hat »wenn ich groß bin, werde ich Lokführerin«. Aber dann hat es einen Unfall gegeben. Da ist ihr Vater drei Tage und drei Nächte nicht nach Hause gekommen, es hat das totale Chaos geherrscht. Nachher haben sie in den Zeitungen geschrieben, dass es »menschliches Versagen« gewesen sei. Drei Tote und zehn Schwerverletzte. Mit ihrem Vater durfte man darüber nicht reden. Es war tabu, dieses Unglück auch nur zu erwähnen. Dabei hatte ihr Vater keine Schuld. Nicht die geringste. Er hat an dem Tag ein Seminar geleitet, für Auszubildende. Er ist überhaupt nicht im Stellwerk gewesen. Aber die Nachbarn haben eine Zeit lang komisch geguckt und Kittys Mutter hat sich kaum aus der Wohnung getraut und Kitty immer mit einem Zettel zum Einkaufen geschickt. Da war Kitty erst sechs gewesen und konnte noch nicht lesen, was auf dem Zettel stand. Und wenn sie was Falsches mitbrachte, gab es Krach.

Wie oft ihr Vater wohl noch an das Unglück denken muss, weiß Kitty nicht.

»Hey, wo bist du mit deinen Gedanken?« Sven baut sich vor Kitty auf. Er stemmt die Hände in die Hüften. »Träumst du, oder was? Los, wir gehen rüber!«

»Ich weiß nicht. Ich will noch nicht. Setz dich noch mal hin, Sven, ja?«

»Nein«, sagt Sven, »ich setze mich nicht mehr hin. Wir sitzen hier seit drei Stunden. Weißt du das? Das ist doch bescheuert. Wir können hier doch nicht die ganze Nacht sitzen.«

»Es ist doch erst fünf.« Kitty bettelt. »Wir können doch noch ein kleines bisschen warten. Bitte.«

»Und was soll das bringen?«, fragt Sven. Er seufzt, aber setzt sich wieder. Kitty kuschelt sich an ihn. Seine Jacke ist feucht und riecht nach kaltem Tabak. Sie riecht das gern. Sie riecht Sven überhaupt gern. Sie schiebt ihre Hand schüchtern unter seinen Jackenärmel. »Nur eine winzige kleine Minute, ja?«

»Okay.« Sven schaut auf seine Uhr. »Eine winzige kleine Minute.«
Dann schweigen sie. Kitty spürt, wie ihr Herz schlägt. Sie starrt auf die Fenster ihrer Wohnung. Ihr eigenes Zimmer geht nach hinten, in den Hof. Ebenso wie das Schlafzimmer ihrer Eltern. Nach hinten ist es ruhig. Da hört man keinen Straßenverkehr, nur die Garagentore, wenn sie zufallen. Die Garagentore sind aus Aluminium. Sie vibrieren richtig, wenn sie ins Schloss fallen. Manchmal hört man einen Hund bellen. Oder wie Leute sich anschreien, auf dem Balkon. Am offenen Fenster. Im Sommer hört man sie auch manchmal lachen und man hört Musik. Im Sommer ist es sowieso besser. Alles.
Jetzt ist Anfang März. Es dauert noch eine Ewigkeit, bis man wieder barfuß gehen kann. Auf einer Bank sitzen kann, ohne zu schlottern. Ihr ist eiskalt. Sie merkt erst jetzt, dass ihre Zehen fast abgestorben sind. »Wie viel Grad sind es wohl?«, fragt sie.
»Keine Ahnung, sechs oder sieben, schätze ich.«
»Heute Morgen waren die Autoscheiben alle vereist«, sagt Kitty, »hast du das gesehen?«
»Ich hab's gesehen, aber es hat mich nicht interessiert«, sagt Sven. »Ich habe kein Auto. Wenn ich ein Auto hätte, dann würde es mich interessieren. Die Minute ist rum.« Er steht auf und zieht Kitty hoch. Er zieht sie an den Schultern zu sich heran und schaut ihr in die Augen. »Wir gehen da jetzt rüber, schließen auf, steigen die Treppe hoch in den dritten Stock und klingeln. Klar?«
Kitty nickt. Sie zittert.

»Und dann öffnet entweder dein Vater oder deine Mutter und dann weißt du ja, was du sagen willst.«

Kittys Lider flattern. Aber sie nickt tapfer.

»Oder hast du es vergessen?«, fragt Sven.

»Quatsch«, murmelt Kitty. »Wieso soll ich das vergessen haben.«

»Vielleicht hast du es dir ja anders überlegt?«

»Quatsch«, sagt Kitty erneut. Sie schaut an ihm vorbei auf die Hausfassade. In der Küche geht gerade das Licht aus. Möglicherweise trägt ihre Mutter das Tablett mit dem Teegeschirr ins Wohnzimmer. Ihre Eltern trinken oft nachmittags einen heißen Tee. Das wärmt das Herz, sagt ihre Mutter immer. Kitty hatte eine Weile auch eine Teephase. Aber die war vorbei, als sie gemerkt hat, dass ihr Herz davon nicht warm wurde.

»Ich weiß nicht«, sagt Sven misstrauisch, »kommt es mir auf einmal nur so vor, als wenn du das gar nicht mehr willst, oder ist das Tatsache?«

»Was?«, fragt Kitty.

Sie sieht die Schatten ihrer Eltern. Sie wandern die Zimmerdecke entlang, in dem bläulichen Licht, das vom Bildschirm kommt. Dann flammt ein anderes Licht auf. Das ist gelber. Wärmer. Die Stehlampe, denkt Kitty.

»Was wir besprochen haben. Worüber wir die ganze Zeit reden, Mann, bin ich verrückt? Wieso muss ich alles hundert Mal wiederholen? Wieso hörst du nie zu?«

»Ich hör doch zu«, sagt Kitty.

»Und wieso antwortest du nicht?«

»Ich antworte doch«, sagt Kitty. In der Küche geht das Licht schon wieder an. Sie hat den Süßstoff vergessen,

denkt Kitty. Sie nehmen neuerdings Süßstoff statt Zucker. Das hat ihre Mutter in einer Zeitschrift gelesen. Aber sie kann sich immer noch nicht daran gewöhnen. Meistens vergisst sie, das Döschen mit aufs Tablett zu stellen. Dann muss sie eben noch mal los.
»Also«, sagt Sven, »wir gehen jetzt da rüber.«
Kitty nickt. »Ja.«
Sven starrt sie an. »Du willst, dass ich mitkomme?«
»Ja«, sagt Kitty.
»Oder willst du das lieber allein mit deinen Eltern ausmachen?«
»Nein«, sagt Kitty, »nicht allein. Ich möchte, dass du mitkommst. Allein schaff ich das nicht.«
Sven holt tief Luft. »Okay. Dann los.«
Er nimmt ihren Ellenbogen und schiebt sie vor sich her zwischen den parkenden Autos hindurch auf die Straße. Hält sie zurück, als ein Lastwagen vorbeidonnert. Schiebt sie weiter, als die Straße frei ist. Auf der anderen Seite parken auch Autos. Sven findet eine Lücke. Sie stehen auf dem Bürgersteig. Neben dem Eingang parken zwei Räder. Sie gehen an den Rädern vorbei zum Eingang. Die Tür ist verschlossen. Kitty deutet mit dem Kopf auf den Schalter. »Da ist der Lichtschalter.«
Sven macht Licht. Man sieht, dass der Flur hellgrün gefliest ist. Die Wände leuchten weiß. Im Hintergrund die Tür, die zum Keller führt. Die ist aus Stahl. Ihr wird wieder so kalt. Wie früher.
Sven streckt die Hand aus. »Der Schlüssel«, sagt er. »Oder schließt du auf?«
»Nein, du«, sagt Kitty. Sie zieht den Schlüsselbund aus

der Jackentasche, sucht den Haustürschlüssel und reicht ihn Sven. Sven schließt auf. Sie zittert vor Kälte, ihre Kiefer schlagen aufeinander. Sie presst die Zähne zusammen, fest, sie streift mit den Händen die nassen Haare aus dem Gesicht. Wenn sie mit der Zunge über die Lippen fährt, schmeckt es nach Himbeere. Ihr Lippenstift hat Himbeergeschmack.

2. Kapitel

Sven schließt die Haustür auf und sie gehen ins Treppenhaus. Es riecht nach einem Putzmittel, nach Essig. Wenn Frau Müller aus dem ersten Stock Treppenhausdienst hat, riecht es immer nach Essig. Frau Müller benutzt immer biologische Putzmittel, auf Essig- oder Zitronenbasis. Kittys Mutter sagt »Ich nehme, was am besten putzt. Ob das biologisch ist oder nicht, ist mir egal.«

»Mann, wie das hier riecht«, sagt Sven, als sie die Treppe hinaufsteigen.

»Wie denn?«, fragt Kitty.

»Na, wie im Altersheim. Oder im Krankenhaus!« Er grinst, verzieht das Gesicht. »Ich weiß nicht. So steril irgendwie.«

»Sauber«, sagt Kitty. »Meine Mutter sagt immer, Sauberkeit kann man riechen.«

Kitty geht zwei Stufen hinter Sven. Er dreht sich zu ihr um. Grinst. »Sauberkeit kann man riechen? Was ist das denn für ein Schwachsinn.«

»Kein Schwachsinn«, sagt Kitty, »das stimmt wirklich.«

»Und? Riechst du das gerne?«, fragt Sven.

Kitty hebt die Schultern. »Weiß nicht. Ist mir egal, glaube ich.«

Im zweiten Stock müssen sie eine Pause machen. Kitty hat das Gefühl, dass sie auf einmal keine Luft mehr bekommt. Ihr ist ganz schwarz vor Augen. Sven macht ein besorgtes Gesicht. »Geht's schon wieder los?«, fragt er.

Kitty lächelt, nickt, schüttelt den Kopf.
»Ja. Nein.«
»Also was nun? Ja oder nein?«, fragt Sven.
»Ich weiß nicht«, flüstert Kitty.
Sven seufzt. »Weißt du eigentlich, wie oft am Tag du ›ich weiß nicht‹ sagst?«
»Ich weiß nicht«, flüstert Kitty. Dann muss sie selber lachen.
»Nur noch zwanzig Stufen«, sagt Sven, um sie aufzumuntern. »Das schaffst du leicht.«
»Klar«, sagt Kitty. »Schaff ich leicht.«

Schließlich stehen sie vor der Wohnungstür. An dem Schild steht: SEMRAU.
So heißen ihre Eltern. Elisabeth und Ernst Semrau. Sie heißt Kitty Semrau. Eigentlich Katharina. Aber das hat nie einer zu ihr gesagt. Immer nur Kitty. Solange sie denken kann. Im Kinderhort, in der Schule, bei den Nachbarn, den Verwandten. Immer nur Kitty. Die süße Kitty. Als sie klein war, hatte sie Zöpfe wie Pippi Langstrumpf. Und genau solche Sommersprossen auf der Nase. Alle sagen, sie sei so ein süßes Baby gewesen. Habe nie geweint. Immer nur alle Leute angelacht. Auch wenn es Fremde waren. »Die haben um deinen Kinderwagen herumgestanden«, hatte Kittys Mutter erzählt, »und dich angehimmelt. Du warst wie ein Sonnenschein. Unser kleiner Sonnenschein. Unsere Kitty. So was kann man doch nicht Katharina nennen, so was Sonniges.«
»Klingeln?«, fragt Sven.
Kitty nickt.

»Du oder ich?«, fragt Sven.
»Du«, sagt Kitty.
Sven grinst. »Feigling.« Aber er sagt es freundlich. Er drückt auf den Klingelknopf und Kitty hat das Gefühl, als wenn ihr jemand ein spitzes Messer in den Magen drückt. Es nimmt ihr die Luft. Sie fasst mit der Hand an die Kehle. Reißt den Mund auf. »Was ist?«, fragt Sven erschrocken.
Kitty hat die Augen weit aufgerissen. Sie starrt auf die Tür, die verschlossen ist. Vor der Tür ein Fußabtreter, auf dem zwei Gänse zu sehen sind. Beide haben eine rote Schleife um den Hals. Ihre Mutter schrubbt den Fußabtreter einmal in der Woche. Die Gänse sind immer noch richtig weiß, obwohl sie den Fußabtreter schon zwei Jahre haben. Alles bei ihnen ist immer noch wie neu.
Sie hört Schritte. Es sind die Schritte ihres Vaters. »Ja?«, ruft er von innen. »Wer ist da?«
Sven schaut Kitty an. Kitty nimmt die Hand von der Kehle, räuspert sich, »ich«, flüstert sie.
Sven stößt sie an. »Lauter!«
Kitty räuspert sich wieder. »Ich bin's, Kitty.«
Einen Augenblick ist es still. Dann hört sie, wie die Schritte sich wieder entfernen, wie jemand flüstert. Sven und Kitty schauen sich an.
»Die machen nicht auf«, sagt Sven. Seine Stimme ist rau. Er sieht blass aus. Sven ist einen Kopf größer als Kitty, er hat sehr kurz rasierte Haare, ein ziemlich scharfes Profil mit vorstehendem Kinn und großer Nase. Eine hohe Stirn, fast, als habe er schon Geheimratsecken. Mit siebzehn Geheimratsecken. Das ist komisch. Weil er früher viel Fußball gespielt hat, ist er ein muskulöser Typ. Er trägt im-

mer Turnschuhe und in den Turnschuhen hat er einen federnden Gang. Richtig dynamisch. Das ist Kitty zu allererst aufgefallen, dass Sven immer geht, als habe er Sprungfedern unter den Schuhen. Und wie er mit den Armen wedelt, wenn er geht, als hole er sich Schwung für jeden Schritt, noch eine Portion extra Schwung.
Seine kurzen Haare sind gefärbt. Gebleicht. Strohblond. Zu seinen braunen Augen sieht das toll aus, findet Kitty. Es war ihre Idee, dass er sich die Haare blond färben sollte. Sie hatte sich aber eine Farbe vorgestellt, die nicht ganz so gelb ist. Seine Haare haben exakt die Farbe von Ringelblumen. Nächstes Mal wollen sie ein bisschen Silber ins Färbemittel geben, um das Gelb wegzukriegen. Damit es mehr Weizenblond aussieht. Weizenblond ist nicht richtig gelb. Daran hatten sie nicht gedacht.
Jetzt kommen wieder Schritte. Das ist ihre Mutter. Sie sagt nichts. Sie zieht einfach die Tür auf. Ihre Augen leuchten auf, als sie Kitty sieht. Und werden dunkel, als sie entdeckt, dass Kitty nicht allein gekommen ist.
»Hallo, Mami«, sagt Kitty.
Sven bleibt stumm. Er steht nur da. Aufrecht, fast steif. Kitty lehnt sich ein bisschen an ihn, um seinen Körper zu fühlen. Eine Stütze.
»Oh«, sagt ihre Mutter. »Du kommst auch noch mal nach Hause. Wir haben die Hoffnung schon aufgegeben.«
Kitty lächelt unsicher. »Trinkt ihr gerade Tee?«
Sie sieht, dass ihr Vater hinten in der Wohnzimmertür steht.
»Interessiert es dich auf einmal, ob wir Tee trinken?«, fragt ihre Mutter.

Kitty hebt verlegen die Schultern. »Ich weiß nicht. War nur so eine Frage.«
»Und sonst hast du keine Fragen?«, fragt ihre Mutter. »Zum Beispiel, ob wir uns Sorgen machen, wenn du einfach verschwindest. Wie wir diese Situation aushalten, das möchtest du nicht wissen? Nur, ob wir gerade Tee trinken?«
Kitty sieht, dass ihr Vater den Flur entlangkommt. Jetzt steht er hinter ihrer Mutter, schaut an ihr vorbei auf Sven.
»Und wer ist das?«, fragt er.
Sven räuspert sich. »Hi.« Er streckt die Hand aus. »Ich bin Sven.«
»Er ist der Bruder von Nadine«, sagt Kitty. »Er hilft mir, ein paar Sachen tragen.«
Kittys Vater mustert Sven misstrauisch. »Der Bruder? Seit wann hat Nadine einen Bruder? Von dem hast du nie erzählt.«
»Dann tu ich es eben jetzt«, sagt Kitty trotzig. »Außerdem ist es doch egal, oder?«
»Und Nadines Mutter, was sagt die, wenn du ständig dort übernachtest?«, fragt Kittys Mutter.
Sven grinst. »Die freut sich.«
»Wirklich?«, der Vater macht ein ungläubiges Gesicht. Kitty möchte am liebsten sagen, es sind nicht alle so wie ihr – so zurückweisend gegenüber Fremden. Manche Leute freuen sich, wenn Leben und Lachen in der Bude ist. Aber sie sagt es nicht.
»Wollt ihr einen Tee trinken?«, fragt die Mutter. »Vielleicht sollten wir einmal mit Nadines Mutter telefonieren. Die

denkt womöglich, uns sei es egal, was unsere Tochter macht.«

Kitty und Sven werfen sich einen Blick zu. »Sie ist heute nicht zu Hause«, sagt Sven.

»Ich wollte nur ein paar Sachen holen. Meine Sachen. Schulsachen. Klamotten und so. Und mein Bettzeug.«

»Was?« Ihre Mutter weicht einen Schritt zurück. Sie stößt gegen den Garderobenständer. Tut sich weh. »Heißt das, du willst hier ganz ausziehen?«

»Oh, entschuldige Mami«, sagt Kitty erschrocken.

»Schon gut, nichts passiert.« Ihre Mutter reibt sich den Hinterkopf. »Du willst all deine Sachen holen?«

Kitty hebt verlegen die Schultern. Sven schaut sich im Flur um. Er sieht Kittys Wildlederjacke am Haken. »Die soll doch auch mit, oder?« Er nimmt die Jacke vom Haken. Er weiß, dass das Kittys Lieblingsjacke ist. Im Secondhandladen gekauft. Von dem Geld, das sie gekriegt hat für ihre alten Kinderbücher. Samstags auf dem Flohmarkt hat sie alles verkauft: ihre Kinderbücher, ihre Kassetten mit den Songs, die sie heute albern findet, ihre Puppen. Das hat mehr als hundert Euro gebracht. Und die Jacke hat hundertzwanzig Euro gekostet. Kitty findet immer noch, dass sie ein gutes Geschäft gemacht hat. Mit den Puppen hat sie sowieso nie wirklich gern gespielt, und wenn man in einem gewissen Alter ist, rührt man Kinderbücher nicht mehr an. Aber die Jacke, die ist für sie wie ein Ersatz für eine Kuscheldecke.

»Mami«, sagt Kitty, »es ist nur für ein paar Tage. Ich hol nur meine Sachen. Dann seid ihr mich los fürs Erste.«

»Wer hat gesagt, dass wir dich los sein wollen?«, ruft ihr

Vater. »Du bist unsere Tochter. Unser Kind. Wir wollen dich nicht los sein. Oder haben wir das je gesagt?«
Er baut sich vor ihr auf. Er zwingt Kitty, ihm in die Augen zu schauen. Kitty ist kreidebleich. Sie zittert. »Nein«, flüstert sie, »das habt ihr nie gesagt.«
»Na also.« Ihr Vater atmet tief durch, dann schaut er Sven an. »Ich weiß nicht, was Kitty über uns erzählt. Aber Sie können mir glauben, es ist nicht wahr.«
»Wir lieben Kitty. Aber es ist auch schwierig mit ihr«, sagt die Mutter.
Wie oft hat Kitty das in der letzten Zeit gehört: Du bist so kompliziert.
Er siezt Sven, denkt Kitty, wie komisch. Was anderes kann sie nicht denken.
»He, Kitty, sag, was mit dir los ist!«
»Mir geht's nicht gut«, sagt Kitty flehend. »Das wisst ihr. Das ist doch schon lange so. Vielleicht wird es besser, wenn ich eine Weile woanders bin. Sven glaubt das auch.«
Sie läuft in ihr Zimmer. Sie zerrt die Bettdecke vom Bett, das Kopfkissen. Ihre Mutter hat das Bett frisch bezogen. Es riecht nach Lavendel. Die Bettwäsche riecht immer nach Lavendel. Ich muss das raushängen, denkt Kitty. Von dem Geruch wird mir übel.
Sie öffnet den Kleiderschrank, zerrt ein paar Sachen heraus. Dann den Campingsack, stopft alles rein. Sie hört, wie ihre Eltern im Flur mit Sven reden. Wütend. Heftig.
»Sven!«, ruft Kitty, »kannst du mir helfen?«
»Komme!«
Sven steht in der Tür. Er sieht, wie Kitty, wachsbleich, schwankt, als wanke der Boden unter ihren Füßen.

»Ganz ruhig, Baby«, raunt er, »ganz ruhig. Wir sind gleich weg.«
»Ich kann das nicht schleppen«, flüstert Kitty, »das sind so viele Sachen.«
»Okay, keine Panik. Ich schaff das. Ich trag das. Nimm du die Lederjacke, klar?«
Kitty nickt. Sie sieht, wie Sven ihr Bett und die Hosen und Pullis zusammenrafft, alles verknotet und über die Schulter wirft. Sie folgt ihm in den Flur. Ihre Eltern blockieren die Wohnungstür.
»Du kommst hier nicht raus«, sagt ihr Vater. »Nicht ohne eine Erklärung. Wann kommst du wieder? Wie viele Tage willst du wegbleiben?«
Kitty bleibt stehen.
»Bleib bei uns Kind!«, ruft Kittys Mutter plötzlich verzweifelt. »Was machst du nur? Was ist nur mit dir los?«
Kitty bleibt einen Augenblick ganz still stehen. Sie fühlt die Wärme ihrer Mutter. Einen ganz heißen Körper. Fühlt den schnellen Herzschlag. Fühlt, dass ihre Mutter zittert, am Ende ihrer Kräfte ist. »Was ist nur mit dir los?«, flüstert die Mutter wieder. »Warum können wir dir nicht helfen?«
»Das weiß ich auch nicht, Mami«, sagt Kitty. Tränen kommen ihr. Sie kann nichts dagegen tun. »Lass mich los! Bitte. Ich muss hier raus.«
»Aber warum? Warum?«, ruft ihre Mutter.
»Ich weiß nicht. Bitte. Mami. Bitte. Mir ist ganz schlecht. Ich kann nicht mehr. Ich dreh durch.«
Ihre Eltern weichen zurück.
Sven hat Kittys Sachen geschultert, er geht zur Woh-

nungstür, öffnet sie. Bleibt stehen und wartet auf Kitty, die schwankend folgt.
Kitty möchte sich noch einmal umdrehen, aber sie kann es nicht. »Tschüss«, flüstert sie, »tut mir leid.«
»Was tut dir leid?«, brüllt der Vater.
»Rufst du mal an?«, fleht die Mutter. »Bitte, Kind, wir machen uns solche Sorgen.«
Kitty will sagen »Ja, mach ich«. Aber sie kriegt keinen Ton raus. Sie nickt nur.
Sven zieht die Wohnungstür hinter sich zu.
Es ist vollkommen still im Treppenhaus. Aus der Wohnung ihrer Eltern kommt kein Laut.
Sven beugt sich vor und gibt Kitty einen Kuss auf ihre eiskalte Nase. »Es ist vorbei«, sagt er leise. Ganz zärtlich.
»Wir haben sie belogen.« Kitty schiebt ihn weg.
»Das war gemein.«
»Eine kleine Notlüge«, sagt Sven. »War deine Idee, oder?« Er baut sich grinsend vor ihr auf. »War ich nicht gut als Nadines Bruder? Ich glaube, ich sollte zum Film.«
»Die beiden sind jetzt bestimmt ganz fertig«, sagt Kitty schuldbewusst.
»Nicht so fertig wie du. Und jetzt hör auf, dir einen Kopp zu machen, oder? Wir haben das so geplant und jetzt haben wir es durchgezogen. Und nun ist es gut und basta.«
Kitty lächelt tapfer. »Gut und basta«, wiederholt sie. Und wischt verstohlen eine Träne von der Wange.

3. Kapitel

Kitty hat Sven im McDonald's am Hauptbahnhof kennengelernt. Besser gesagt, vor dem McDonald's. Sie hat da an einem wetterfesten Tisch mit angeschraubten Drehstühlen gehockt und sich nicht bewegt, sagt Sven. »Du hast da gesessen, als wenn du irgendwie total weg gewesen bist«, hat er ihr später erzählt. »Mich hat das richtig fasziniert. Ich habe dich immer beobachtet, bin um dich rum, weißt du, wenn ich die Tabletts abgeräumt habe, die Tische abgewischt und so. Durch das Fenster hatte ich dich immer im Blick. Du hast dagesessen, deine Schultasche zwischen den Füßen und vor dich hin gestarrt. Ich wollte dir das Tablett wegnehmen, die leere Pommestüte, die Cola mit einem total zerkauten Strohhalm, aber du hast mich angeguckt, völlig in Panik, so als wenn ich dir, wer weiß, was, antue. Da habe ich bloß die Arme gehoben und irgend so was gesagt wie ›Sorry, Lady‹ und mich verdrückt. Und du hast weiter dagesessen. Stundenlang. Ich hatte dann Feierabend und bin nach Hause. Irgendwie habe ich damit gerechnet, dass du immer noch dasitzt, wenn ich am nächsten Tag zum Dienst komme. Aber da warst du weg.«

»Klar«, hat Kitty gesagt, »nachts machen die ja zu.«

»Und wo bist du nachts gewesen?«

»Keine Ahnung.«

»Natürlich hast du eine Ahnung.«

»Nein, habe ich nicht.«
»Bestimmt bist du einfach nach Hause gegangen und hast dich in dein Bett gelegt.«
»Möglich.«
»Oder du bist ins Kino gegangen, in eins, das die ganze Nacht durch Filme zeigt. Und hast dich klein gemacht, wenn der Film zu Ende war. Und gewartet, bis der nächste anfängt.«
Kitty hat gelacht. »Gibt es in Leipzig so ein Kino? Da muss ich mal hin.«
Sven hat nicht aus Kitty herausgebracht, was an dem Tag gewesen ist. Das nächste Mal haben sie sich vor der Schule gesehen, vor der ersten Stunde. Da hatte Sven den Job bei McDonald's schon wieder aufgegeben. »War zu viel Stress, die machen sich da alle ins Hemd«, hat er gesagt.
Kitty hatte auf der Mauer gesessen, neben sich die Schultasche, und genauso wieder vor sich hin gestarrt. Sven ist neben ihr stehen geblieben. »Hi.«
Kitty hat kurz zu ihm hingeschaut und nichts gesagt. Dann hat sie wieder Löcher in den Himmel gestarrt.
»Sag mal, hast du was?«, hat Sven gefragt.
»Was soll ich haben?«
»Ich weiß nicht. Du siehst so komisch aus.«
»So seh ich immer aus.«
»Ich hab dich neulich schon gesehen, kann das sein?«
Kitty hat mit den Schultern gezuckt. »Woher soll ich das wissen?«
»Im McDonald's am Hauptbahnhof. Du hast eine mittlere Pommes gegessen und eine Cola dazu. Stimmt's?«

»Machst du das immer? Den Leuten das Essen in den Hals gucken?«
»Quatsch. Nicht immer. Bloß manchmal.« Sven hat sich neben Kitty auf die Mauer gesetzt. Er wusste nachher nicht mehr, wieso. Er wusste nur, er muss sich da jetzt hinsetzen und rauskriegen, wieso Kitty so ist. So anders irgendwie. Dabei war sie ganz normal angezogen, wie alle Mädchen, die in die siebte oder achte Klasse gehen. Haare halb lang, mittelbraun, mit so einem Gummi zusammengehalten, einem dehnbaren Band aus schwarzem Samt. Nichts Besonderes. Blass. Sommersprossen auf der Nase und der Stirn. Ziemlich dünn. Lange dünne Arme, rechts und links aufgestützt auf der Mauer. Lange dünne Beine, die von der Mauer herabbaumelten. Die Schultasche aus braunem Leder, mit einem langen Schulterriemen, an dem eine Stoffmaus baumelte. Alles normal. Es hat zur Stunde geklingelt, zur zweiten, aber Kitty hat keine Anstalten gemacht aufzustehen.
»Hast du keine Schule?«, hat Sven gefragt.
»Doch.«
Er ist aufgestanden, weil er dachte, sie würde auch aufstehen. Aber sie ist sitzen geblieben. Man konnte genau auf das Schulportal sehen von ihrem Platz. Die letzten Schüler sind gerannt, weil es gerade zum zweiten Mal klingelte. Wenn sie jetzt nicht gingen, würden sie zu spät kommen.
»Kommst du nicht?«
»Ich weiß nicht«, hat Kitty geantwortet.
Sven ist wieder stehen geblieben. »Was habt ihr denn jetzt?«

»Ich glaube Bio.«

»Und das findest du scheiße?«

Kitty hat ihn angesehen. Es kam ihm vor, als wenn sie ihn zum ersten Mal richtig ansehen würde. »Ich weiß nicht. Ist mir egal.«

»Na, dann können wir doch.« Er hat wieder auffordernd gelächelt.

Aber Kitty hat den Kopf geschüttelt. »Ich warte noch.«

»Okay, auf wen?«

»Bist du jetzt mein Bewacher oder was?«, hat Kitty gefragt. »Wieso lässt du mich nicht einfach hier sitzen und kümmerst dich um deinen eigenen Kram?«

Er war sauer gewesen. Das hatte er nicht verdient. Er hatte ganz freundlich mit ihr geredet. »Okay. Wie du willst.«

Er ist gegangen. Über die Straße, in die Schulauffahrt, dann die Treppen hoch, durch das Portal. Da hat er sich noch einmal umgedreht. Kitty hat immer noch so dagesessen, den Kopf zwischen den Schultern, den Blick starr geradeaus.

Seit diesem Tag hat er immer auf sie gewartet. Vor der Schule. In den Pausen hat er sie gesucht. Hat nach ihrem Namen geforscht, der Klasse, ihren Wahlfächern und so weiter. Damit war er eine ganze Weile beschäftigt. Als er sie das nächste Mal traf, war es genau vor dem Lehrerzimmer. Kitty wartete da und er auch.

Er hat gestrahlt. »Hey. Ich weiß jetzt, wie du heißt.«

Kitty hat ihn angesehen wie in Panik. Die Augen riesengroß. Sie hat gezittert. Er wusste nicht, wieso. »Du heißt Katharina Semrau.«

Bevor sie etwas antworten konnte, war die Tür aufgegan-

gen und Dr. Schmola herausgekommen. Mit dem musste er sprechen. Kitty hatte sich einfach umgedreht und war weggerannt.
Und das nächste Mal hatte er sie gesehen bei der Trauerfeier für Schulli, den Englischlehrer. Schulli war in Spanien mit dem Bus verunglückt. Der Bus war von der Straße abgekommen, irgendwo in Andalusien, und gegen einen Brückenpfeiler geknallt. Außer Schulli waren noch drei Leute ums Leben gekommen. Es hatte in allen Zeitungen gestanden und in den Nachrichten im Fernsehen hatten sie Bilder von dem Unfall gezeigt. Alles deutsche Urlauber. Bei der Trauerfeier stand Kitty ganz hinten in der Aula, an den Pfeiler gelehnt. Sie trug einen schwarzen Pulli und schwarze, sehr enge Hosen. Der Pulli war riesengroß und er hatte Ärmel, die doppelt so lang waren wie Kittys Arme. Sie hat immer ihre Hände in die Ärmel geschoben, die Ärmel verknotet und die Knoten wieder aufgedröselt.
Sie ist ganz weiß gewesen im Gesicht, und als der Musiklehrer an den Flügel ging und ein besonders trauriges Stück von Haydn spielte, hat sie sich so auf die Lippen gebissen, dass Blut kam. Sven konnte es von seinem Platz aus sehen. Dann ist der Chor aufgestanden und nach vorne gegangen und hat gesungen: »Ich bete an die Macht der Liebe«. Da ist sie umgedreht und rausgelaufen.
Sven hat sich leise durch die Reihen gedrängt und ist auch nach draußen gegangen. Zuerst konnte er Kitty nicht finden. Dann hat er sie entdeckt, ganz zusammengekrümmt neben der Heizung unter dem Erkerfenster. Hat sich versteckt wie ein kleines Kind. Die Arme über dem Kopf verschränkt.

Als er ihr auf die Schulter getippt hat, ist sie einfach umgekippt. Kalkweiß im Gesicht. Vor Schreck ohnmächtig geworden. Er musste ins Sekretariat und Bescheid sagen. Als er zurückkam, war sie schon wieder bei Bewusstsein, aber immer noch weiß wie die Wand. Sie haben Kitty dann ins Krankenzimmer gebracht. Und er hat gewartet, bis der Schularzt kam. Der hat sie untersucht und gefragt: »Hast du das öfter?«

Kitty hat den Kopf geschüttelt.

Da hat der Arzt gemerkt, dass Sven immer noch im Raum war, und ihn mit einer Kopfbewegung rausgeschickt. Sven durfte erst wieder rein, als der Arzt gegangen war.

Kitty hatte wieder etwas Farbe. Sie konnte beinahe lächeln. Das fand er so süß, dass er sich auf der Stelle in sie verliebt hat. Wenn es nicht schon viel früher angefangen hatte. Wer weiß das so genau.

Und nun steht Sven mit Kitty im Bus, Mittelgang, und lässt sich durchschaukeln. Er hat ihr Bettzeug wie einen Nikolaussack auf dem Rücken und Kitty trägt die Wildlederjacke über dem Arm und in der anderen Hand hält sie den Wecker mit den Mickymaus-Ohren und ihre Schnürstiefel. Die hat sie im letzten Moment noch schnell im Flur geschnappt, bevor sie raus sind.

»Hey«, fragt Sven, »alles in Ordnung? Alles fit?«

Kitty lächelt tapfer. »Klar«, sagt sie.

»Du wirst sehen, alles wird gut.« Sven bringt sein Gesicht ganz nah an ihr Gesicht. Sie spürt seinen warmen Atem. »Es wird ganz toll.«

»Ich weiß nicht«, sagt Kitty. Sie muss sich an der Halteschlaufe festhalten, weil der Bus in die Kurve geht.

»Wieso? Was weißt du nicht? Wieso weißt du andauernd irgendetwas nicht?«

»Ob es so toll wird. Woher soll ich das wissen?«

»Unsere Bude ist klasse, total easy. Alles heiter. Kein Stress. Genau das, was du brauchst!«

»Und woher weißt du das so genau, was ich brauche?«

Sven schaut sie an. Seine Lippen streifen ihre Stirn.

Ihre Stirn ist kalt. Ein feuchter Schweißfilm, auch kalt, auf ihrer Haut. Immer ist ihre Haut feucht und kalt. Er fragt sich, woher das kommt. Er wird dafür sorgen, dass das aufhört. Auch diese komischen Attacken, die sie bekommt. Nachts. Er wird dafür sorgen, dass sie ruhig schlafen kann. Wie ein Murmeltier-Baby. Er hat sich vorgenommen, für sie zu sorgen. Er möchte, dass sie fröhlich ist. Dass sie lacht wie neulich mal, als sie durch den Park gerannt sind, unter den Bäumen durch, von denen die Eiskristalle heruntergeweht sind bei jedem Luftzug. Die ganze Welt war verzuckert vom Raureif an dem Morgen. Und der Himmel kristallklar. Eine Märchenwelt. Das ist toll gewesen. Wie Kitty gelacht hat. So will er sie immer haben. Sven wollte schon als Kind, dass es allen Menschen in seiner Umgebung gut geht.

»Und was ist«, fragt Kitty, »wenn die anderen das doof finden?«

»Was? Wer? Welche anderen?«

»Na, die beiden, mit denen du zusammenwohnst.«

»Vergiss die doch! Die finden das super. Endlich eine Frau in der Wohnung. Ist doch klasse. Nur Kerle, das ist auch nicht gut. Du, hey«, er gibt ihr mit dem Kopf einen zärtlichen Stupser, »nicht gleich wieder in Panik verfallen,

okay? Die beiden sind schwer in Ordnung, echt. Außerdem kommen sie erst morgen oder übermorgen zurück. Schnös besucht seine Schwester. Sind Zwillinge. Die lieben sich, weißt du, wenn er die besucht, kann er sich immer gar nicht losreißen.«
Kitty lächelt. Früher hat sie sich auch einen Bruder gewünscht, der genauso alt ist wie sie. Dann hat sie sich einen kleinen Bruder gewünscht. Aber ihre Mutter hat das irgendwie nicht mehr gebracht. Erst war die Wende, da wollten sie leben, hat sie gesagt, und dann nach der Wende war alles so unklar mit dem Job und der Wohnung und die ganze Situation, da hatte sie keinen Mut. Na ja. Nicht mehr wichtig.
»Und der andere?«
»Ach, Bob, der ist ein Chaot, den nehmen wir nicht ernst. Der macht so seinen Blödsinn, aber er ist immer total nett. Und großzügig. Spielt übrigens saugut Keyboard.«
»Und was macht der, wenn er nicht Keyboard spielt?«
»Dann sucht er jemanden, mit dem er über Musik reden kann. Was er sonst macht, weiß ich nicht.«
Der Bus hält. Leute steigen ein und drängen an ihnen vorbei.
»Und wieso weißt du das nicht? Ich meine, ihr wohnt schließlich zusammen.«
»Ja. Aber wir stellen keine Fragen, wer was erzählen will, kann erzählen. Wer schweigen will, kann schweigen. Sei doch froh! Dann musst du auch keine Fragen beantworten, warum du plötzlich zu uns gezogen bist.«
Kitty muss plötzlich an ihre Eltern denken. Wie hilflos sie gewesen sind. Jetzt sitzen sie im Wohnzimmer, auf der

Couch, und trinken Tee. Ihr Vater im Sessel, die Mutter auf der Couch und sie schweigen sich an. Kitty könnte wetten, dass sie sich anschweigen. Ihre Mutter weint. Sie könnte schwören, dass ihre Mutter weint. Sie weint immer, wenn sie mit irgendetwas nicht klarkommt.

Immer so hilflos. Wie sie letzten Endes zu allem Ja und Amen sagen. Kitty nur mit großen vorwurfsvollen Augen ansehen und ihr klarmachen, dass so ein Kind Eltern krank macht. Andere, soll dieser Blick sagen, haben so entzückende Kinder, die immer nur Freude machen. Aber unser Kind macht Probleme. Immer nur Probleme. »Wir können es ja doch nicht ändern«, das ist der Satz der Mutter, den sie immer gehört hat. »Wir haben doch alles versucht. Auf uns hört sie ja nicht. Sie ist so schwierig. Wir können ihr nicht helfen. Wir kommen an sie nicht ran.«

Versucht es doch mal!, hätte Kitty in dem Augenblick schreien mögen. Traut euch doch einfach! Sagt doch etwas! Schweigt doch nicht immer bloß! Ich ertrage das Schweigen nicht. Die stummen Vorwürfe, die sie sich gegenseitig machen, die Magengeschwüre, die man in dieser Familie bekommt, weil man alles runterschluckt. Nichts ausspricht. Merkt ihr das nicht? Wieso sagt ihr immer, man kann sowieso nichts machen? Und ich? Ich soll das können, wenn ihr selbst es nicht schafft? Wie denn? Wie denn?

Ihr Vater löst vielleicht ein Kreuzworträtsel. Das ist seine Art, sich abzureagieren. Kreuzworträtsel lösen. Oder ihre Mutter steht auf und putzt. Und ihr Vater sortiert seine Münzsammlung.

Vielleicht weint ihre Mutter ja auch gar nicht. Vielleicht hat

sie sich ja schon damit abgefunden, dass Kitty ihr Bettzeug mitgenommen hat und weg ist.
»Wieso sie dich wohl gesiezt haben?«, sagt Kitty plötzlich.
»Deine Eltern, meinst du?«
Kitty nickt. Sven lacht. »Ist doch in Ordnung. Ich bin eins neunzig. Und wiege fünfundachzig Kilo. Solche Leute werden in dieser Republik gesiezt.«
Kitty verzieht das Gesicht zu einem Lächeln. Sie weiß, dass Sven immerzu ihr Lächeln sehen möchte. Er starrt sie an, als wollte er sie hypnotisieren.
Das merkt sie. Weil er denkt, wenn sie lächelt, ist alles gut. Dann ist sie fröhlich. Aber das ist Unsinn. Sie kann auch lächeln und dabei kein bisschen fröhlich sein. Sondern todtraurig. Sie hat das geübt. Um die anderen zu täuschen.
Damit nicht so viele Fragen gestellt werden.
Eigentlich, denkt sie, ist es gut, wenn in Svens WG keine Fragen gestellt werden. Dann muss ich mir gar nicht erst irgendwelche Geschichten ausdenken, so wie sonst immer.
»Nächste Station müssen wir raus«, sagt Sven.
Sie arbeiten sich langsam zur Tür vor. Der Bus fährt in die Haltebucht ein, die Türen öffnen sich automatisch, Sven packt den Bettsack, Kitty hält den Wecker und die Stiefel fest. Sie steigen aus. Die Türen gehen wieder zu. Der Bus fährt los.
Kitty schaut den Schlusslichtern nach. Das Innere des Busses ist erleuchtet. Man sieht die reglosen Oberkörper der Fahrgäste. Es ist wie ein irrealer Film. Sie denkt plötzlich, die Menschen in dem Bus sind nur Puppen. Attrap-

pen. Der Bus fährt mit Attrappen durch eine Stadt, in der Autos fahren und Menschen auf den Bürgersteigen gehen. Aber die sind auch nur Attrappen. Nichts ist wirklich.
»Hey«, sagt Sven sanft. »Nicht träumen.« Er rubbelt seine Nase an ihrem Gesicht. »Aufwachen, Kitty!«
»Ich bin doch wach«, sagt Kitty.
Sven schaut sie an. »Manchmal frage ich mich. Ehrlich.« Er fasst entschlossen ihren Arm und überquert mit ihr die Straße. Er hält sie immer fest, wenn sie eine Straße überqueren, er weiß selbst nicht, warum. Manchmal hat er die Vision, dass sie einfach vor ein Auto laufen würde. Einfach direkt darauf zu. Wenn er sie nicht festhält. Und aufpasst.

4. Kapitel

Die Wohnung besteht aus einer großen Küche (mit einem langen Tisch vor dem Fenster), einem Bad, einem Extraklo und drei Zimmern. Sven hat das kleinste Zimmer, er ist als Letzter in die WG gekommen. Da gab es nichts mehr auszusuchen. Den Mietvertrag haben die Eltern von Schnös unterschrieben. Sie sind dafür extra aus Bautzen gekommen.

Schnös heißt eigentlich Hermann Bleimer. Er macht eine Tischlerlehre. Schnös ist sechzehn.

Sven hat bis vor einem halben Jahr bei seinen Großeltern gelebt. Aber dann war klar, dass es nicht länger ging. Svens Großeltern waren immer nur genervt – wenn er die Musik laut aufdrehte, wenn er im Fernsehen MTV und VIVA gucken wollte, obwohl im anderen Programm gerade schöne Volksmusik lief. Sie wollten Sven das Rauchen verbieten, und wenn er mal mit einer Fahne von einer Fete nach Hause kam, gab es wieder Krach. Dabei brachte Sven gute Noten aus der Schule nach Hause und die Lehrer schrieben sogar, dass Sven ein besonders netter und hilfsbereiter Schüler war, der sich um andere kümmerte, aber das konnten Svens Großeltern sich nicht vorstellen. Sie glaubten es einfach nicht, wenn Sven sagte: »Außer euch regt sich kein Mensch über mich auf. Die anderen Leute finden mich okay, wieso ihr nicht?«

Schließlich hat Svens Großmutter gesagt: »Dann mach,

was du willst!« Sie haben ihm seine Waisenrente auf ein eigenes Konto überwiesen und davon lebt er jetzt. Kitty kann sich an der Miete nicht beteiligen, das weiß Sven. Er sagt, es macht ihm nichts aus, er kommt mit dem Geld gut aus, das reicht für beide.

Kitty und Sven rollen eine Kunststoffmatratze auf dem Fußboden aus. Dazu müssen sie die beiden Sessel zur Seite schieben, ganz nah an Svens Schreibtisch. »Das wird ziemlich eng«, sagt Kitty. Sie legt ein Laken über die Schaumstoffmatratze. Sven hat sie besorgt, im Möbellager. Er wollte nicht einmal Geld von Kitty dafür. »Das kostet doch fast nichts«, hat er gesagt. Er will nie Geld von Kitty. Das begreift sie nicht, dass einer so nett und selbstlos ist. Sie findet es schlimm, dass sie nicht so ist. So freundlich zu anderen.

In der letzten Nacht durfte sie im Zimmer von Schnös schlafen. Aber das war ihr auch unheimlich gewesen.

»Macht nichts, wenn es eng ist. Wen stört das?« Sven legt ihr Daunenbett auf die Matratze. Dann das Kopfkissen. Er haut mit der flachen Hand auf das Kopfkissen, sodass in der Mitte eine Delle entsteht. »Das macht meine Oma immer, wenn sie die Sofakissen richtet. Bei der haben alle Kissen Ohren.« Er grinst. »Und? Wie ist es? Zufrieden?«

Sven hat auch Platz gemacht für Kittys Sachen. Aus Orangenkisten hat er ein Regal gebaut und für Bügel eine Stange zwischen den Kisten befestigt. Sven besitzt zwei Jacken, die hängen beide auf einem Bügel. Die anderen Sachen sind in den Holzkisten verstaut. Zwei Kisten hat er an Kitty abgetreten.

Sven legt eine CD auf. Er hat einen neuen CD-Player. Ein

Geschenk von seinen Großeltern zum Geburtstag. Kitty hockt auf ihrem Bett und starrt auf die beiden Kisten, in denen ihre Sachen sind. Sie muss an all das Zeug denken, das sie zu Hause bei ihren Eltern gelassen hat. Die Bücher, ihr Schmuckkästchen, ihren Teddy.
Wieso hat sie den Teddy nicht mitgenommen? Sie hat ihn gar nicht gesehen. Manchmal fällt er in die Ritze zwischen Bett und Wand. Bestimmt klemmt er jetzt in der Ritze. Und keiner ist da, der ihn da rausholen kann.
Sie spürt, wie die Tränen in ihr hochsteigen. Sie schließt die Augen. Sven dreht die Musik laut und setzt sich zu ihr. Er nimmt ihre Hand und legt sie zwischen seine Hände. Er dreht den kleinen silbernen Ring an ihrem Mittelfinger immer hin und her. Kitty muss immerzu an ihren Teddy denken. Wie er da zwischen Bett und Wand klemmt.
»Sag mal, du heulst doch nicht etwa?«, fragt Sven.
Kitty schüttelt heftig den Kopf. Sie zieht ihre Hand weg und wischt sich über die Augen.
»Du heulst also doch.« Sven dreht ihr Gesicht zu sich hin. »Schau mich an!«
Kitty öffnet die Augen. Die Tränen kleben in den Wimpern. Sie kann nichts dafür, dass alles so schwierig ist. Svens Gesicht ist kaum zu erkennen, wie hinter einer schmutzigen, verschmierten Windschutzscheibe. »Wieso weinst du jetzt?«, fragt Sven. Er sagt das nicht nett, nicht freundlich, sondern grob. Er ist gereizt. Genervt.
Kitty ist aufgefallen, dass Sven ganz oft das Wort »genervt« gebraucht. Er war genervt von seinen Großeltern, aber die waren auch genervt von ihm. Er ist genervt, wenn Schnös vergisst, die Klospülung zu ziehen, und wenn Bob

die Milchtüte draußen auf dem Küchentisch stehen lässt, sodass die Milch sauer wird.
Sven hat Kitty erzählt, dass er einmal die Milchtüte an die Wand geworfen hat. Und wie das nachher in der ganzen Wohnung nach saurer Milch gerochen hat. Das hat er erzählt und dabei gelacht. Und Kitty hat das auch witzig gefunden. Nur nachher nicht mehr, als sie darüber nachgedacht hat.
»Echt, wenn du hier rumheulst, dann . . .«
»Ich weiß, dass dich das nervt«, sagt Kitty hastig. »Tut mir leid.« Sie steht auf. Kitty verschränkt die Hände vor dem Bauch und stellt sich ans Fenster. Draußen ist es dunkel. Das Fenster führt in den Hinterhof eines Supermarkts. Morgens ist da viel Betrieb, wenn die neuen Lieferungen kommen. Nachmittags ist es still. Abends sowieso. Alle Lichter sind ausgeschaltet. Der Supermarkt schließt um sechs. Nur einmal in der Woche hat er bis acht geöffnet. Sven sagt, er kauft da sowieso nichts. Da sei alles zehn Prozent teurer als beim ALDI. Sven ist hinter Kitty getreten. Er legt seine Hände auf ihre Schultern. »Hey«, sagt er, auf einmal wieder sanft, »das wird alles gut. Warte ab, das ist nur neu hier für dich. Alles ein bisschen fremd.«
Kitty nickt. Sie schluckt tapfer. »Ich habe mich bloß über mich selbst geärgert.«
»Und worüber speziell?«
»Weil ich meinen Teddy vergessen habe.«
Einen Augenblick sagt Sven nichts. Dann lacht er los. Richtig laut. Ganz fröhlich. Er schlägt sich mit der flachen Hand auf die Schenkel. Dreht eine Pirouette. »Sie hat ihren Teddy vergessen! Ich fass es nicht!« Er lacht. Er

bleibt vor Kitty stehen, bückt sich, um ihr von unten schräg ins Gesicht zu schauen. »Wie alt bist du? Drei? Oder vier?«
Kitty muss auch lachen. »Ich habe den Teddy irgendwie gern, weißt du, den habe ich, seit ich denken kann.«
»Okay. Wenn wir das nächste Mal zu deinen Eltern fahren, nehmen wir den Teddy mit. Dem geht es doch gut da. Der muss doch nichts aushalten.«
Doch, denkt Kitty. Er ist eingeklemmt. Aber das sagt sie lieber nicht. Damit Sven nicht noch einen Lachanfall bekommt. Sven fasst ihr Handgelenk. »Komm«, sagt er entschlossen, »wir gehen in die Küche! Mal gucken, was der Kühlschrank zu bieten hat.«
Kitty weiß, wie man Omelettes macht. Mit Tomaten und Zwiebeln. *Tortillas* hat ihre Mutter die immer genannt. Mexikanische. Es gibt Zwiebeln und Eier, aber keine Tomaten. Dafür eine Dose mit geschälten Tomaten. »Das geht auch«, sagt Kitty. Sie schlägt die Eier in eine Schüssel. Sie ist froh, dass sie etwas zu tun hat.
Sven hockt auf dem Hocker, die Arme auf den Küchentisch gestützt, und schaut ihr zu.
»Salz«, sagt Kitty.
»Hier.« Sven schiebt ihr ein Paket mit Salz zu.
»Pfeffer.«
»Ist alle«, sagt Sven. »Geht auch Muskat?«
»Das schmeckt doch grausig zu Tortillas.«
Kitty schneidet die Zwiebeln. Dabei muss sie schon wieder weinen. Aber sie lacht, um Sven zu zeigen, dass das nur von den Zwiebeln kommt. Sven hat die Musik in seinem Zimmer ganz laut gedreht. Irgendwie ist es fast ge-

mütlich. Kitty und er haben das ganze schmutzige Geschirr vom Küchentisch in die Spüle gestellt.
»Du könntest das Geschirr waschen, während ich die Tortillas mache«, schlägt Kitty vor. Sie ist wirklich froh, dass sie was zu tun hat.
»Das ist das Geschirr von Schnös. Der muss das abspülen, wenn er wiederkommt.«
»Wieso. Wie lange steht das da schon?«
»Zehn Tage«, sagt Sven ungerührt.
Kitty starrt ihn an. »Zehn Tage? So lange steht das hier auf dem Tisch?«
»Klar. Von mir aus hätte das noch mal zehn Tage da stehen können.«
»Und wenn du einen Teller gebraucht hast?«
»Hab ich einen rausgesucht, ihn gespült und benutzt. Ist doch einfach.«
»Ich brauche eine Pfanne«, sagt Kitty.
»Die Pfanne ist dreckig.«
Sven erhebt sich, geht zur Spüle und deutet auf einen Griff, der unter dem schmutzigen Geschirr herausragt. »Das ist die Pfanne. Brauchst du die echt?«
»Ja.«
»Scheiße«, Sven wirft einen langen Blick auf das schmutzige Geschirr. »Ich geh mal pinkeln.«
Er verschwindet. Kitty hört, wie die Badezimmertür zufällt. Sie geht zur Spüle, zieht vorsichtig an dem Griff der Pfanne. Der Tellerstapel beginnt zu rutschen. Sie zieht ein bisschen stärker. Mit einem lauten Krach kippt alles um. Aber sie hat die Pfanne in der Hand. Darin kleben eklige schimmelige Reste.

Kitty hält die Pfanne an die Nase. Es stinkt nach Fisch. Oder etwas Ähnlichem wie Fisch. Ranzigem Fett.
Sie sucht nach einem Schwamm. Oder einer Bürste. Sie kann nichts finden. »Hey!«, ruft sie in Richtung Badezimmer. »Wo habt ihr einen Topfschrubber?«
»Unten im Schrank!«
Kitty öffnet eine Schranktür. Da poltern ihr lauter alte, dreckige Töpfe entgegen. Eine Tüte mit Waschpulver fällt ihr vor die Füße. Und dann flitzt eine dicke schwarze Küchenschabe zwischen den Rohren hervor und verschwindet blitzschnell in einer Fußbodenritze. Kitty schlägt die Tür wieder zu. Sie setzt sich auf den Hocker und starrt vor sich hin.
Als Sven aus dem Bad kommt, sitzt Kitty immer noch so da.
Sven verdreht die Augen, dann stößt er mit den Füßen die dreckigen Töpfe beiseite, schiebt das Waschpulver weg und holt einen Topfschrubber heraus. »Hier«, sagt er, »der Schrubber.«
Er legt ihn neben Kitty auf den Tisch. Kitty starrt auf den Topfschrubber. Er sieht aus, als hätten ihn schon ganze Generationen benutzt.
Kitty nimmt ihn in die Hand, riecht daran und lässt ihn fallen.
»Hey!«, schreit Sven, »was ist denn jetzt schon wieder?«
»Der stinkt nach Pisse«, sagt Kitty.
»Gleich nicht mehr.«
Sven nimmt ihr einfach Pfanne und Schrubber ab und spült die Pfanne unter dem fließendem Wasserhahn aus. Dann holt er Öl, tut es in die Pfanne, gibt die Zwiebeln

dazu. Er stellt die Flamme hoch und bald brutzeln die Zwiebelringen. Alles riecht nach gebratenen Zwiebeln. Sven lacht. »Siehst du? Alles paletti.«

Kitty steht auf und geht in das Zimmer. Sie wirft sich auf ihr Bett und drückt das Kopfkissen auf ihren Kopf. Sie atmet nicht. Wie lange wird sie es aushalten, nicht zu atmen?

Ihr Kopf wird ganz heiß und dann ihr Brustkorb. Als würde er gleich platzen. Dann schleudert sie das Kopfkissen weg und ringt nach Luft. Ganz tief. Ihr ist so schlecht, sie hat Angst, dass sie sich gleich übergeben muss. Sie dreht sich auf den Bauch, den Kopf zur Seite, die Arme weggesteckt.

Sven kommt herein. Er riecht nach gebratenen Zwiebeln. «Was ist denn jetzt schon wieder?«, fragt er.

»Nichts.« Kitty steht auf. Sie geht an Sven vorbei, ohne ihn anzuschauen. Sie geht in die Küche, quirlt die Eier noch einmal durch und gibt sie in die Pfanne.

Tortillas mexicana, denkt Kitty, da wird er staunen.

Sven erscheint in der Tür. Kitty arbeitet ruhig und konzentriert. Man muss genau aufpassen, wann die Eier zu stocken beginnen. Dann muss man sie vorsichtig vom Boden lösen und wenden. Und zum Schluss die Tomaten dazugeben.

Ihre Mutter hat ihr das gezeigt.

Kitty schaut auf. Sie hebt die Pfanne hoch. »Fertig«, sagt sie.

»Was gibt es zu trinken?«

Sven kommt vorsichtig näher. Er schiebt sein Gesicht über die Pfanne, schnuppert. »Riecht gut«, sagt er.

»Klar riecht das gut.«
»Du bist toll«, sagt Sven. »Ist alles wieder okay?«
Kitty schaut ihn an. Sie lächelt. »Ja. Habt ihr auch saubere Gabeln? Und ein Brettchen? Dann können wir die Pfanne auf den Tisch stellen und beide mit der Gabel aus der Pfanne essen. So wie früher die Bauern.«
Sven lässt sie nicht aus den Augen. Er strahlt. »Klar haben wir saubere Gabeln. Und wenn nicht, dann spül ich zwei sauber. Im Kühlschrank sind noch ein paar Dosen Bier. Sag bloß, du trinkst mit mir ein Bier?«
»Und ob ich mit dir ein Bier trinke.«
Kitty wartet, bis Sven das Brett auf den Tisch gelegt hat, dann lädt sie die Pfanne dort ab. Sven findet zwei saubere Gabeln. Kitty schüttet etwas Salz in eine kleine Tasse und stellt sie daneben. Sven holt das Bier, zieht die Laschen ab und stellt die Dosen auf den Tisch.
Kitty geht zum Lichtschalter. Sie knipst das Licht aus. Jetzt kommt nur das Licht vom Flur in die Küche.
»Zu dunkel?«, fragt sie.
Sven schüttelt den Kopf. Er starrt Kitty an. Kitty geht ins Bad, spült ihr Gesicht mit kaltem Wasser, kämmt die Haare.
Als sie zurückkommt, sitzt Sven mit gespreizten Beinen und weit ausgestreckten Füßen am Tisch und hebt eine Gabel hoch. »Schmeckt absolut erstklassig«, sagt er, »du musst dich beeilen, wenn du was abhaben willst.«
Kitty lächelt. Sie ist stolz. Sie nimmt das Bier und trinkt. Als sie das Bier abstellt, fragt Sven: »Und? Was war vorhin?«
»Nichts«, sagt Kitty.

»Du hast doch was gehabt.«
»Ich habe nichts gehabt.«
Sven nickt bedächtig. Er lässt sie nicht aus den Augen, während er isst. Es schmeckt ihm.
Er lädt die Gabel voll, schiebt sie in den Mund, spült mit Bier nach. Lächelt. »So gemütlich war es hier noch nie«, sagt er.
Kitty versucht, nicht an ihre Eltern zu denken. Nicht an den Teddy. Sie hat es schließlich so gewollt. Bestimmt ist es besser, wenn sie jetzt hier ist. Zu Hause ging es ihr schlechter als hier. Es ist ja heute alles gut gegangen. Besser als sonst. Sie schaut Sven an.
»Was denkst du?«, fragt er.
»Nichts«, sagt Kitty, nimmt das Bier und trinkt.
»Das glaube ich dir nicht«, Sven streckt die Hand aus und streichelt mit den Fingerspitzen über ihren Arm. »Du denkst immer irgendetwas. Das finde ich ja gerade so gut.«
Sie trägt wieder diesen Pulli mit den extralangen Ärmeln. Er streichelt sie mit der linken Hand, während er mit der rechten weiter die Gabel an den Mund führt. Er schiebt die linke unter den Pulli. Plötzlich stutzt er. »Was ist das?«
»Nichts«, sagt Kitty.
Sven legt die Gabel hin. Er schaut Kitty an. Kitty weicht seinem Blick aus. Sie lehnt sich zurück, zieht die Ärmel wieder über den Unterarm, bis zu den Fingerspitzen, zieht die Schultern hoch, starrt auf den Tisch.
Sven steht auf. Er geht um den Tisch herum. Er bleibt neben Kitty stehen, nimmt ihren Arm. Ganz sanft. Kitty lässt es zu. Wehrt sich nicht.

Sven streift den Ärmel zurück. Ganz weit, bis zum Ellenbogen. Er schaut auf ihren Arm. Auf die dünnen, schmalen Linien an ihrem Arm. Eine neben der anderen. Rote Linien.

»Was ist das?«, wiederholt er.

Kitty will etwas sagen.

Sie öffnet den Mund. Sie weiß nicht, was sie sagen soll.

Sven schaut ihr in die Augen, dann auf ihren Arm.

»Was ist das?« Seine Stimme ist nur noch ein Flüstern.

Sie sieht die Panik in seinen Augen.

In dem Augenblick poltert es draußen gegen die Tür. Und dann schrillt die Klingel. Laut. Und draußen brüllt jemand.

»Hey du Penner! Ich hab meinen Schlüssel vergessen. Mach auf, ja? Svennilein! Ich bin's!«

Kitty erstarrt. Hastig schiebt sie den Pulli über den Ärmel.

»Wer kann das sein?«

Sven holt tief Luft. »Das ist Schnös. Nehm ich mal an. Bleib ganz entspannt, ja?«

Er stapft in den Flur, reißt die Wohnungstür auf.

»Das hat aber gedauert!«, flucht Schnös. Kitty sieht, wie ein Seesack mitten in den Flur fliegt.

Eine Sekunde später steht Schnös in der Tür. Er starrt Kitty an. Dann starrt er auf die Pfanne. Dann auf Sven. »Wer ist das?«, fragt er.

»Das ist Kitty.« Sven geht zu Kitty und stellt sich neben sie. »Sie wohnt jetzt bei mir.«

Schnös verzieht das Gesicht. »Oh Mann, wir haben doch immer gesagt: ›Keine Frauen in der WG.‹«

Er betrachtet Kitty von oben bis unten. Kitty fühlt sich wie ein gerupftes Huhn, das der Schlachter hochhält, um es der Kundin zu zeigen. Sie kann es nicht ausstehen, wenn Fremde sie so anstarren. Als könnten sie durch ihre Kleider und ihre Haut hindurchsehen bis auf die Knochen. Bis in die Knochen rein. Wenn sie so angestarrt wird, tut ihr jeder einzelne Knochen weh. Ein Brennen und Sirren, das kaum auszuhalten ist. Als würden die Knochen an eine elektrische Sonde angeschlossen.

»Weiber brauchen doch Stunden im Bad«, sagt Schnös, »und meckern an allem rum. Ich wette, sie ist genauso.«

»Ist sie nicht. Sie ist anders.«

Sven legt den Arm um Kitty, als müsse er sie beschützen.

Schnös ist klein und dick, trägt eine Brille mit dunklen, runden Gläsern. Man kann seine Augen dahinter nicht sehen. Seine Hosen sind ausgebeult und ganz dünn über den Knien. Der Rollkragenpulli ist ausgeleiert. Er hat Pickel am Kinn. Kitty weiß jetzt schon, dass sie Schnös nicht leiden kann.

»Macht, was ihr wollt!« Schnös zieht die Schultern hoch. »Aber morgens um halb sieben gehört das Bad mir, okay? Und zwar von halb sieben bis Viertel vor. Das ist Teil der Hausordnung, klar?«

Kitty sagt nichts. Sie nickt auch nicht. Sie schaut an Schnös vorbei auf die Wand. Sie würde gern weglaufen, in das Zimmer, auf ihr Lager, das Kopfkissen auf das Gesicht drücken, bis sie keine Luft mehr bekommt. Dann würde der Schmerz in den Knochen meistens weggehen oder sie würde ohnmächtig werden. Aber in der Tür steht Schnös. Und neben ihrem Stuhl Sven. Sie ist in der Falle. Ihr wird ganz heiß und schlecht.

»Sag mal, redet die nie?«, fragt Schnös.

Kitty schiebt Sven weg und flüchtet unter Schnös Armen in den Flur. Das Bad ist hinten links. Sie rennt ins Bad, schließt ab, lehnt sich gegen die Tür. Schweiß steht auf ihrer Stirn. Kalter Schweiß.
Sie hört, wie Schnös im Flur ruft: »Was habe ich gesagt? Schon rennt sie ins Bad. Das machen alle Weiber so. Das weiß man doch.«
Kitty schlägt die Hände vor das Gesicht. Sie versucht, sich vorzustellen, dass ihr Teddy nicht zwischen Bett und Wand eingeklemmt ist. Sie versucht, sich vorzustellen, dass ihr Teddy ganz friedlich mitten auf ihrem Bett liegt. Auf dem nackten Bett. Das jetzt kein Kopfkissen mehr hat und keine Daunendecke. Ihr Teddy hat Augen aus braunen Glasmurmeln, die innen honigfarben sind.
Seine Ohren sind ganz weich und plüschig. Und auf der Brust sind die Haare hell und weich wie Seide. Wenn man ihn hochhebt, stößt er ein wohliges Brummen aus. Auch, wenn man ihn zurücklegt, auf den Rücken, dann brummt er wieder. Und dann sieht es aus, als wenn seine braunen Glasaugen lächeln.
Als sie noch »entzückend« war und die Eltern sie liebten, hat sie den Teddy immer mitgenommen zu den Sonntagsausflügen. Sonntags sind sie immer zu den Großeltern gefahren, nach Strebnitz. Ein Dorf mit Kopfsteinpflaster und einer Kirche aus dem zwölften Jahrhundert. Und einem Fluss, auf dem Ausflugsboote fahren können, kleine flache Boote. Am Ufer die hängenden Zweige der Weiden. Sie hat mit ihrem Teddy am Ufer gesessen und die Enten mit altem Brot gefüttert. Daran erinnert sie sich. Wie das Wasser geglitzert hat. Und das Schnattern der Enten. Und

dann wieder ein Ausflugsboot und die Enten sind ganz erschreckt ans Ufer gewatschelt. Und wie ihre Eltern sie gesucht haben.
Kitty! Kitty! Sie hat das Rufen gehört, aber sich nicht gerührt. Das war schön, am Fluss sitzen, mit dem Teddy im Arm, und wissen, dass man gesucht wird. Wenn sie die Eltern lange suchen ließ, haben sie sich hinterher besonders gefreut.
Die Mutter hat sie in den Arm genommen und immer wieder geküsst. »Meine Kleene«, hat sie immer wieder zärtlich gesagt, »was machste denn für Sachen. Hörste nicht, wenn wir dich rufen?«
Und Kitty hat ihren Teddy hochgehoben und gesagt: »Der Teddy hat's gehört.«
»Und wieso hat der nicht geantwortet?«, hat ihre Mutter gefragt.
»Weil der ja nicht reden kann. Weil der ja kein Mensch ist«, hat Kitty geantwortet.
Und die Oma hat gesagt: »Die Kitty ist eine ganz schlaue. Aus der wird mal was.«
Und der Vater hat ganz stolz gesagt, ja, das glauben wir auch. Sie soll später aufs Gymnasium. Und dann einen Beruf wählen, der ihr richtig Spaß macht. Das Wichtige ist, sagt ihr Vater immer, dass man Spaß an dem hat, was man tut. Er ist gerne bei der Bahn. Er ist früher auch gerne zur Schule gegangen. Er versteht nicht, dass Kitty Angst vor der Schule hat. Dass sie immerzu schwänzt.
»Du bist doch gut«, sagt er immer, »über dem Durchschnitt. Wieso hast du nachts Albträume vor einer Arbeit? Versteh ich nicht.«

Er versteht ihre Angst überhaupt nicht. Niemand versteht das. Nicht einmal Sven.
Dem fällt das Lernen ja auch leicht.
Niemand versteht sie.
Es pocht an die Tür. »Kitty?«, ruft Sven.
»Ja!« Kitty fährt sich mit der Hand über das Gesicht. Sie reißt die Augen auf, starrt auf die Neonröhre über dem Spiegel.
Sie sieht ein weißes Gesicht, mit riesengroßen hellen Augen, einer roten Nase, einem großen Mund mit dunklen spröden Lippen. Strähnige Haare. Zu große Ohren. Ein zu langer, zu dünner Hals.
Das bin ich, denkt Kitty. So sehe ich aus. Sie runzelt die Stirn. Starrt ihr Spiegelbild an.
»Alles in Ordnung?«, ruft Sven.
Kitty dreht sich um, schließt die Tür auf. Sven lehnt am Türrahmen. Er mustert sie besorgt.
Kitty verzieht ihr Gesicht, dass es aussieht, als würde sie lächeln. »Ist doch immer alles in Ordnung«, sagt sie.

5. Kapitel

Kitty wacht mitten in der Nacht auf. Kalter Schweiß bedeckt ihren ganzen Körper. Sie ringt nach Luft. Sie hatte geträumt, dass jemand ihr die Kehle zudrückt. Ein Wesen, schwarz wie ein vermummter Gangster, hatte sich in das Zimmer geschlichen, sich über sie gebeugt und ihre Kehle zugedrückt. Der Hals schmerzt. Sie richtet sich auf und hustet. Sie tastet nach dem Lichtschalter, sie findet sich nicht zurecht. Erst als sie aufstehen will, wird ihr bewusst, dass sie nicht zu Hause ist, nicht in ihrem eigenen Bett liegt, sondern auf dem Fußboden.

Erschrocken hält sie in der Bewegung inne. Sie versucht, sich zu orientieren.

Sven schläft in seinem Bett an der Wand. Da das Fenster keine Vorhänge hat, kann sie seine Umrisse unter der Wolldecke erkennen. Sven war ganz neidisch über ihr Daunenbett. »So was habe ich noch nie besessen«, hat er gesagt. »Und werde ich vielleicht auch nicht.«

»Du kannst meine Decke haben, wenn du willst«, hat Kitty angeboten. Aber davon wollte Sven nichts wissen. »Das ist deine Decke und basta. Dafür habe ich ein bequemes Bett.«

Wenn man mitten in einer großen Stadt lebt, ist der Himmel auch nachts nicht wirklich dunkel. Im Hinterhof brennt kein Licht und dennoch kommt von irgendwo ein heller Schein her, der das Zimmer in blasses blaugrünes Licht taucht.

Kitty krabbelt auf dem Boden zur Tür, öffnet sie mit angehaltener Luft. Sie möchte nicht, dass Sven aufwacht. Und Fragen stellt. Im Flur riecht es nach Zigarettenrauch. Ein schmaler Lichtstreifen scheint unter der gegenüberliegenden Tür durch. Da schläft Schnös. Man hört sein Schnarchen. Er schläft vielleicht immer bei Licht. Oder er ist beim Lesen oder Musikhören eingeschlafen. Kitty tastet sich zum Badezimmer vor, aber sie knipst das Licht erst an, als sie die Tür hinter sich zugezogen hat.

Sie schaut sich um. Neben dem Klo liegt ein Bündel schmutziger Wäsche. Die Unterhosen von Schnös, sein T-Shirt. Seine Socken. Als wenn er sich ausgezogen hätte, während er auf dem Klo saß.

Kitty schiebt die Sachen mit dem Fuß zur Seite und setzt sich auf den Badewannenrand. Sie friert, obwohl sie einen Jogginganzug trägt. Sie wollte nicht so ein dünnes Nachthemd anziehen wie zu Hause.

Sie hat sich mit dem Jogginganzug ins Bett gelegt und war froh, dass Sven dazu keinen Kommentar abgegeben hat. Sven hat sie nur ganz zärtlich geküsst, ihr Gute Nacht gewünscht und sich unter seiner Wolldecke zusammengerollt. Er war mindestens zehn Sekunden später eingeschlafen, während Kitty noch auf jedes fremde Geräusch gehorcht hat. Sie steht auf, geht ans Waschbecken und lässt das Wasser über die Hände und Unterarme laufen. Sie schaut auf die haarfeinen, dünnen Striche, die ihre Unterarme bedecken. Manche haben noch eine kleine Kruste, wenn es frische Wunden sind. Die anderen sind längst verheilt und man erkennt sie nur noch, weil die Haut an der Stelle heller ist.

Kitty kratzt mit den Fingernägeln den Schorf von der Wunde. Zuerst passiert gar nichts. Aber dann gerät sie an eine Stelle, die eben erst verheilt ist. Als sie den Schorf abzieht, quillt ein Blutstropfen heraus. Kitty schaut zu, wie der Tropfen immer dicker und immer größer wird, wie er an ihrem Handgelenk herunterläuft ins Waschbecken. Wie im Waschbecken ein dünnes Rinnsal aus Blut zum Abfluss läuft. Dann hört das Bluten auf. Kitty hält den Arm unter den Wasserhahn. Eiskaltes Wasser.

Als sie den Arm wegzieht, blutet es nicht mehr. Sie kneift ihre Haut, zieht am Fleisch, kratzt ein bisschen und schon fängt es wieder an zu bluten. Jetzt ist das Blut frischer, heller, irgendwie wässrig. Kitty leckt die Blutstropfen ab. Blut ist warm und süß.

Aber sie ekelt sich davor. Sie spuckt es wieder aus, ins Waschbecken, lässt Wasser nachlaufen.

Sie denkt an ihre Mutter. »Rufst du mal an?«

Sie hat genickt. Oder hat sie Ja gesagt?

Ich muss die Eltern anrufen, denkt sie, ich muss ihnen sagen, wo ich bin.

Aber wenn sie die Adresse haben, kommen sie vielleicht hierher. Dann sehen sie, wie ich wohne. Dann sehen sie, dass im Badezimmer Schimmel an der Wand ist.

Und dass das Waschbecken ganz gelb und fleckig ist. Es gibt kein Klopapier, nur einen Stapel alter Zeitungen.

Eine Waschmaschinenfüllung mit Wäsche liegt in der Badewanne. Gewaschen und geschleudert, aber nicht aufgehängt. Sven und Schnös haben bestimmt noch nie ein T-Shirt gebügelt. Wenn ihre Mutter das sieht, rastet sie aus, denkt Kitty. Ihre Mutter, die jeden Abend eine frisch gewaschene schneeweiße Bluse über das Bügelbrett spannt. Jeden verdammten Abend. Und der Vater, der jeden verdammten Abend seine Stiefel putzt, bis sie glänzen.

Ich rufe nicht an, denkt Kitty. Vielleicht sind die ja froh, dass ich weg bin.

Vielleicht fragen sie sich, warum ich weg bin.

Und wenn sie sich nicht fragen?

Dann ist es auch egal, denkt Kitty.

Die Wunde blutet immer noch. Zu Hause wickelt Kitty Klopapier um die Arme, wenn sie bluten, aber hier gibt es kein Klopapier. Das Zeitungspapier ist hart und außerdem saugt es schlecht auf.

Sie nimmt das Handtuch und wickelt es um den Arm. Das Handtuch stinkt. Sie wirft es weg. Ihr wird übel.

Sie drückt die Lippen auf die blutende Stelle, knipst die Badezimmerlampe aus und tapst sich vor in die Küche. Sie braucht einen Zwieback. Irgendetwas, das ihren Magen beruhigt. Zu Hause kaut sie, wenn ihr übel ist von dem Blutgeschmack im Mund, immer an einem Zwieback. Nagt daran herum. Sie wühlt in den Schränken. Nur Chaos. Kein System.

Sie findet eine alte Packung Knäckebrot, zieht eine Scheibe heraus und setzt sich auf den Küchentisch. Die angebrochene Packung liegt vor ihr. Sie kaut langsam, starrt vor sich hin. Plötzlich bewegt sich der Tisch. Die Tischfläche bewegt sich. Sie schließt die Augen, öffnet sie wieder. Lauter kleine weiße Maden krabbeln auf dem Tisch. Laufen aus der Packung, krabbeln über den Tisch, am Tischbein runter, quer über den Tisch zum Zuckertopf, krabbeln über die Teller. Auf den Tellern kleben die Reste der Omelettes, niemand hat sie weggestellt, niemand gespült. Kitty nimmt das Brot wieder aus dem Mund, schaut es an. Auch auf dem Brot sind kleine helle Maden, fast durchsichtig, so klein wie Reiskörner, wuseln durcheinander. Sie wirft das Brot auf den Boden, rennt ins Bad. Sie beugt sich über die Kloschüssel. Sie keucht. Plötzlich spürt sie wieder diesen Griff am Hals. Als wenn jemand seine Finger um ihren Hals legt und zudrücken will. Genau auf ihren Kehlkopf. Sie ringt nach Luft, keucht, schlägt mit dem Kopf auf die Klobrille. Der Deckel knallt auf ihren Hinterkopf, sie schreit.

»Kitty! Mann! Was ist los?«

Sven, völlig verschlafen, mit zerrubbelten Haaren, beugt sich über sie.

Kitty liegt auf dem kalten Badezimmerboden und schaut zu ihm hoch.

Svens Gesicht ist voller Panik. »Was hast du gemacht? Oh Mann. Und ich hab nichts gehört. Wie lange bist du schon hier im Bad?«

Kitty versucht, den Kopf zu heben, aber alles dreht sich und sie lässt den Kopf wieder fallen. Sven hockt sich neben sie und hilft ihr, sich aufzurichten.

»Tut dir was weh? Was ist los?«

»Ich weiß nicht.« Kitty schüttelt den Kopf. Sie fährt sich mit der Hand über die Augen, die Stirn, befühlt ihren Hals. »Ich dachte . . . ich . . .«

»Ja?«, fragt Sven.

Kitty schüttelt den Kopf. »Ich weiß nicht. Ich habe schlecht geträumt.«

»Mann, wirklich. Das solltest du mal lassen. Diese schlechten Träume. Du hast doch versprochen, dass du was Schönes träumen willst.«

Kitty versucht zu lächeln. Sven macht wirklich einen ganz besorgten Eindruck. Das ist süß. Das tut gut. An ihrem Arm sind Spuren von getrocknetem Blut. Sven sieht sie erst jetzt, als sie mit den Händen über das Gesicht fährt. Er fasst ihr Handgelenk. »Hey«, sagt er leise und erschrocken, »was ist das?«

»Ich habe mich gekratzt«, sagt Kitty ausweichend.

»Machst du so was öfter?«

Kitty lächelt. Sie schüttelt den Kopf. »Nur aus Versehen.«

»Dir passieren aus Versehen eine ganze Menge Dinge, was?«

Sven steht auf. Er lässt sich auf den Badewannenrand fallen, die Hände zwischen den Knien. Kitty sitzt, den Rücken an die Wand. Sie zieht die Ärmel des Jogginganzugs wieder über die Arme.

»Das Knäckebrot ist voller Maden«, sagt sie.

Sven starrt sie an, runzelt die Stirn. »Was? Wovon redest du?«

»Alles voller Maden. Die ganze Küche wimmelt davon. Kleine weiße, eklige Dinger.«

»Ich glaube wirklich, du bist verrückt«, sagt Sven.

»Nein. Echt. Ich wollte ein Knäckebrot essen und da kamen sie raus.«

»Maden im Knäckebrot? Das gibt's nicht.«

»Sieh nach, wenn du es mir nicht glaubst. Bestimmt sind sie jetzt überall. Ich habe das Brot auf den Boden geworfen. Vielleicht rennen sie jetzt durch die ganze Wohnung.«

»Warte! Bleib da sitzen!«

Kitty nickt und schließt die Augen. Sven verschwindet, sie hört seine Schritte im Flur. Dann ist er in der Küche.

Sie hört, wie er die Hocker und den Tisch bewegt. Wie Schranktüren auf- und zugehen.

Dann kommt er zurück.

Sie öffnet die Augen. Er steht in der Badezimmertür und schaut zu ihr herunter. »Da sind keine Maden«, sagt er. »Keine einzige.«

Kitty lächelt. »Aber ich habe sie gesehen.«

»Es gibt keine Maden, Kitty.«

»Vielleicht sind sie alle in die Ritzen gekrochen. Da wo die Küchenschaben sitzen.«

»Was?« Sven seufzt. »Sag mal, hältst du das hier für eine Müllhalde oder was?«

»Ich habe die Maden gesehen. Der ganze Tisch war voll. Es war, als würde sich der Tisch bewegen.«

Sven zögert einen Augenblick. Dann packt er Kitty, zieht sie grob am Arm hoch und stößt sie vor sich her.

»Was willst du? Lass mich los!«, ruft Kitty.

»Ich will, dass du mir die Maden zeigst!«

Kitty sträubt sich. Sie will nicht in die Küche.

Sie will die Maden nicht sehen. Sie hat genug davon. Sie will wieder in ihr Bett.

Auf dem Boden unter ihre Decke kriechen, die Decke über den Kopf ziehen, einfach verschwinden. Nicht mehr da sein . . .

»Augen auf!«, sagt Sven grob.

Kitty kneift die Augen zu.

»Du sollst die Augen aufmachen!«

»Bitte, Sven, nein! Lass mich! Ich bin müde, ich will ins Bett.«
Kitty kämpft. Sie hat ihre Lider fest zusammengepresst. Sie weiß, dass sie in der Küche ist, aber sie will die Augen nicht aufmachen.
»Hier sind keine Maden, Kitty. Verdammt, schau hin! Keine einzige Made. Guck jetzt hin!«
Kitty will nicht, dass Sven sauer ist. Sven ist so nett. Sven hat sie bei ihren Eltern rausgeholt. Er hat gemerkt, dass sie es nicht mehr ausgehalten hat. Sven hat ihr versprochen, dass er sich was ausdenkt, warum sie nicht zur Schule gehen muss. Sie kann nicht zur Schule gehen, das weiß sie. Sie schafft es nicht, durch die Tür zu kommen. Ihr wird übel, wenn sie im Schulflur die Gerüche einatmet. Sofort wird ihr übel. Sven hat ihr versprochen, dass er sich was ausdenkt. Sie will nicht, dass Sven auch noch sauer auf sie ist.
Alle sind schon sauer. Ihre Mutter. Ihr Vater. Die Lehrer. Alle . . . Sie öffnet die Augen.
»Da.« Sven drückt ihren Kopf vor, so weit, bis ihre Nase die Tischplatte berührt. »Ist da eine einzige Made?«
Kitty schaut hin. Sie sieht die Kunststoffplatte, die an manchen Stellen eingerissen ist. Sie sieht, am Ende ihres Blickfeldes, die beiden Teller. Eine Gabel. Einen Salznapf. Sie sieht keine Maden.
Natürlich sind die alle abgehauen, denkt sie. In die Ritzen, die Furchen. Vielleicht sind sie unter dem Teller.
»Lass mich los!«
Svens Griff ist fest. »Erst sagst du mir, ob du eine Made siehst.«

»Ich sehe keine.«
»Keine einzige?«
»Keine einzige.«
»Gut.« Sven lässt los. Kitty richtet sich auf. Sie holt tief Luft.
»Okay. Nun weißt du, dass du dir das alles nur ausdenkst. Alles Hirngespinste. Mann. Was geht in deinem Kopf vor?«
Kitty lächelt. Sie reibt mit der Hand ihren Nacken, fasst sich an den Hals. Die Kehle. Ihr Mund ist ganz trocken. Völlig ausgetrocknet.
»Kann ich ein Glas Wasser haben?«, bittet sie.
Sven schaut sie an. »Klar.« Er nimmt ein Glas aus dem Schrank, hält es unter den Wasserhahn. Kitty fixiert die beiden Teller. Die Gabel. Das Salzfass. Sie wartet darauf, dass die Maden darunter hervorkriechen. Aber nichts geschieht. Sven drückt ihr das Glas in die Hand. »Trink!«
Er schaut zu, wie sie trinkt. Das Wasser ist frisch und gut. Kitty merkt, wie das Leben zurückkommt. Sie lächelt.
»Gut?«, fragt Sven. Er lächelt auch.
»Ja«, sagt sie. »Danke. Du bist lieb.«
»Ich bin nicht lieb, ich bin bloß fassungslos.« Sven nimmt ihr das leere Glas ab.
»Ich spinn mich eben manchmal in was rein«, sagt Kitty, »und allein kann ich da nicht wieder raus.«
Er stellt es in die Spüle, zu dem anderen schmutzigen Geschirr. »Jetzt hast du ja mich«, sagt er.
Kitty hebt den Kopf. Lächelt ihn an. »Sven. Tust du mir einen Gefallen?«

»Klar.« Er legt die Hände auf ihre Schulter. Er küsst ihre Nase. »Klar. Welchen Gefallen willst du?«
Kitty schluckt. Sie fährt vorsichtig mit der Zunge über die Lippen. Manchmal brennen ihre Lippen so, dass es wehtut, wenn sie mit der Zunge darüberfährt. Aber heute nicht.
»Könntest du . . . kannst du . . .« Sie zögert. Sie will nicht, dass er wieder wütend wird.
»Was denn? Spuck's aus!«
»Könntest du mal den Teller hochheben?«
Sven runzelt die Stirn. Er starrt sie an. »Welchen Teller?«
»Auf dem Tisch da.«
»Und wieso?«
»Nur so. Zur Sicherheit.«
»Also du glaubst immer noch an die verdammten Maden?«
Kitty schüttelt hilflos den Kopf. »Nein, tu ich nicht. Ich glaub nicht daran. Ich bin okay. Wirklich.«
»Tust du doch!«
»Sven, bitte, wieso versteht du das nicht. Ich möchte doch bloß sicher sein. Sonst nichts. Nur eine kleine Kontrolle.«
Sven fährt sich stöhnend mit gespreizten Fingern durch die Haare. Weil er seine Frisur mit Gel formt, glänzen seine Finger dann immer und er reibt sie an den Jeans ab. Kitty kennt jede seiner Bewegungen, auch das Staunen, wenn er das Gel an den Fingern sieht. Schließlich geht Sven zum Tisch, hebt einen Teller hoch, schaut Kitty an, dreht den Teller um, schaut sie wieder an.
Kitty hält die Luft an.
»Na?«, fragt Sven grinsend. »Was glaubst du?«

Kitty lächelt tapfer. Es geht ihr gut. Bestimmt sind keine Maden da. Aber sie muss sicher sein.
»Ich weiß nicht.« Kittys Stimme ist ganz rau. Sie spürt, wie ihr Kopf heiß wird. Wieder dieses Glühen, das unter der Hirnschale beginnt. Sie legt die kalten Finger an die Wangen.
Sven hält sich den Teller vor die Brust und kommt auf sie zu. Kitty weicht zurück. Das Lächeln strengt sie so an, dass ihr ganz schlecht ist.
»Keine rote! Keine blaue! Keine grüne! Auch keine kleinen grünen Männchen. Vom Mars oder so. Gar nichts. Siehst du das?«
»Sven, bitte«, flüstert Kitty. »schrei doch nicht so.« Sie schließt die Augen.
»Mach die Augen auf und sieh den Teller an!«, sagt Sven streng.
Kitty dreht den Kopf weg. Öffnet die Augen.
»Siehst du?« Sven hält ihr den Teller vor die Augen.
Kitty zwingt sich hinzusehen. Aber sie sieht nichts. Ihr ist schlecht. In ihrem Kopf glüht es.
»Keine einzige Made. Klar? Alles in Ordnung.«
»Jaja, ich weiß Bescheid. Ich hab mir eben wieder bloß alles ausgedacht. Wieso denke ich mir so was aus, Sven?«
»Frag mich was Leichteres. Mann, du hast vielleicht eine Macke. Aber ich mag dich trotzdem. Verrückt, was?
»Nein«, flüstert Kitty, »schön.«
»Musst du noch mal ins Bad?«, fragt Sven.
Kitty schüttelt den Kopf.
»Also. Dann geh da rein und leg dich hin! Und wehe, du faselst in meiner Gegenwart noch einmal von Maden.«

Kitty nickt. Wie ein kleines braves Mädchen kommt sie sich vor, das niemandem Ärger machen will. Sie weiß ja, dass es die Maden nicht wirklich gibt. Sie tauchen immer nur auf, wenn wieder mal irgendetwas ihr Stress gemacht hat. Was sie sieht, gibt es nicht.

Ist alles nur in ihrem Kopf. Deine Nerven spielen dir einen Streich, hat ihre Mutter gesagt. Vielleicht hat sie ja recht.

Keiner sieht, was sie sieht. Wieso nicht?

Sie zieht sich im Dunkeln aus, rollt ihre Sachen neben der Matratze zusammen, kriecht unter ihre Daunendecke.

Aber wie sagt man seinen Nerven, dass sie damit aufhören sollen?

Als Sven schließlich kommt, tut sie, als schliefe sie schon. Sie spürt, dass Sven ihr einen Kuss gibt, ganz leicht, irgendwo auf den Haarscheitel, weil es das einzige ist, was unter der Decke hervorlugt, dann steigt er über sie weg.

Sein Bett knarrt, als er sich hinwirft. Er wälzt sich dreimal herum, klopft das Kopfkissen zurecht. Dann schläft er. Seine Atemzüge sind ganz ruhig.

Ganz entspannt.

Kitty schiebt vorsichtig ihren Kopf unter der Decke vor. Starrt auf das Fensterviereck. Auf den schwachen Lichtschimmer, der vom Hof kommt.

Ein Lichtschimmer, der an der Fensterwand hochkriecht und dann in einem breiten Streifen über die Decke zieht. Wenn sie lange auf eine Stelle starrt, sieht sie immer die Maden. Wie kleine Lichtkäfer. Als wären sie von innen erleuchtet. Eine Massenwanderung von Lichtmaden.

Aber heute Nacht sind sie nicht da. Nichts bewegt sich. Sven atmet ruhig und entspannt. Sie lächelt, als ihre Lider zufallen.

6. Kapitel

Am nächsten Morgen geht es ihr gut.
Als sie die Augen aufmacht, blickt sie direkt in Svens Gesicht. Er hat sich aus dem Bett gelehnt, er kitzelt sie mit etwas Weichem, Puscheligem. Davon ist sie aufgewacht. Von diesem weichen, puscheligen Kitzeln auf ihrem Gesicht.
»Hey«, sagt Sven zärtlich. »Schlafmaus.«
Sie öffnet die Augen. Sven hat ihren Make-up-Pinsel aus dem Kosmetiktäschchen gefischt.
Den Pinsel hat sie geklaut, vor drei Tagen, in der Drogerie im Bahnhof. Er sah so klasse aus, so wie ein dicker, weicher Puschel aus Seidenhaaren, sie musste ihn einfach haben.
»Was ist das eigentlich?«, fragt Sven.
»Ein Make-up-Pinsel.«
»Und wofür nimmt man so ein Teil?«
»Damit kann man Rouge auf die Wangen tun.«
»Rouge. Mhmm.« Sven betrachtet den Pinsel. Fährt mit den Fingerspitzen darüber.
»Und wozu braucht man Rouge?«
»Na. Wenn man so bleich aussieht. So ausgekotzt. Dann merken die Leute nicht gleich, wie beschissen man sich fühlt. Da tut man sich Rouge auf die Wangen. Und dann sieht man aus wie das blühende Leben. Und keiner stellt dumme Fragen.«

»So machst du das also.«

Kitty schüttelt den Kopf. »Ich habe bloß den Pinsel. Rouge muss ich mir noch besorgen.«

»Brauchst du doch gar nicht«, sagt Sven.

Kitty verzieht das Gesicht. »Na, ich sehe doch aus wie ein Totenhemd. Hast du gestern selbst gesagt. Wie ein Totenhemd. War echt nicht gerade nett.«

»Das war, bevor wir bei deinen Eltern waren. Da auf der Bank, da hattest du ja mehr Angst als rote Blutkörperchen.« Er schiebt sein Bein aus dem Bett. Er hat richtige Sportlerbeine. Behaart, mit Waden, die nur aus festen Muskelsträngen bestehen. Und lange schmale Füße mit schmalen Zehen. Seine Zehennägel sind gelb. Das ist das Einzige, was Kitty an seinen Füßen nicht gefällt. Gelbe Zehennägel sehen irgendwie fies aus, findet sie.

»Du siehst doch heute aus wie das blühende Leben.« Sven beugt sich von seinem Bett herunter zu ihr.

Er mustert sie. Ihre Augen, die ihn anstrahlen, das Lächeln, das ihre Lippen kräuselt.

»Rote Backen hast du. Wie auf diesen Werbeplakaten für Babys. Alete und so. Siehst aus wie ein gesundes Alete-Baby.«

Kitty muss lachen. »Seit wann interessierst du dich für Babywerbung?«

»Die sieht man doch an jedem Bauzaun. Leipzig ist voller Bauzäune, falls dir das noch nicht aufgefallen ist.«

Kitty verschränkt die Arme unter dem Kopf. Sie schaut zum Fenster, an die Zimmerdecke. Sie ist jetzt von einem goldenen Sonnenlicht bedeckt. »Ich glaube, ich habe echt gut geschlafen.«

»Na klar hast du gut geschlafen. Wusste ich doch. Bei mir geht es dir gut. Bei mir wirst du wieder gesund. Keine Frage. Das haben wir doch immer gewusst.«
Kitty versucht, sich an den letzten Abend zu erinnern. Sie runzelt die Stirn. Irgendetwas war gewesen. Sie hat es vergessen.
»Hier.« Sven hat einen kleinen Taschenspiegel gezaubert. Er hält ihn Kitty hin. »Guck dich an! Und sag mir, ob das nicht das blühende Leben ist.«
Stimmt. Sie hat rote Flecken auf den Wangen. Ihre Augen glänzen. Sie richtet sich auf und gibt Sven einen Kuss. »Ich mach uns Frühstück.«
»Aber nur, wenn du keinen Scheiß erzählst.« Sven greift ein Handtuch aus dem Regal, in dem seine Schulsachen liegen, und wirft es ihr hin. »Dein Handtuch. Das sauberste, was wir haben.«
»Was denn für Scheiß?«, fragt Kitty. Sie riecht an dem Handtuch. Es riecht ein bisschen nach Waschpulver, aber auch nach irgendeinem anderen Zeug. Sie überlegt noch, was das ist. Nikotin? Bier?
»Ich rede nicht darüber«, sagt Sven. »Ist vergessen.« Kitty nimmt das Handtuch. Sie steht auf. Sie sieht, dass Sven sie anschaut, obwohl er so tut, als wenn er nicht hinsieht. Sie hat in der Nacht die Jogginghose ausgezogen und ist jetzt nur mit einem Slip und dem Oberteil bekleidet.
Sie möchte nicht, dass Sven sie nackt sieht. Die Joggingjacke hat lange Arme. Sie hat nur Sachen mit langen Armen.
»Ist das nicht zu warm nachts?«, fragt Sven. Er deutet auf die Jacke.

»Ich find's gemütlich.« Kitty geht zur Tür. Als sie sich noch einmal umdreht, bemerkt sie, dass Sven auf ihren Hintern schaut. Sie hat einen ganz kleinen winzigen Po. Sie hat auch nur kleine winzige Brüste. Sie ist mager. Ziemlich mager. Ihre Oberschenkel berühren sich nirgends, an keiner Stelle, selbst wenn die Knie sich berühren. Kein Fleisch, kein Fett. Aber Haut und Knochen ist sie auch nicht. Manchmal hat sie richtig guten Appetit.

»Ich geh ins Bad.« Sie öffnet die Tür, schaut den Flur entlang, deutet auf das andere Zimmer.

»Und was ist mit ihm?«

»Du meinst Schnös? Der ist schon lange weg. Der muss schon um sieben auf der Arbeitsstelle sein.«

7. Kapitel

Kitty steht in der Badewanne und hält die Handbrause über ihren Kopf. Dabei muss sie aufpassen, dass der Wasserstrahl nicht auch noch das ganze Bad unter Wasser setzt. Die schmutzige Wäsche hat sie rausgeräumt und in die Ecke gestopft, nachher wird sie Sven fragen, ob es in diesem Haushalt eine Waschmaschine gibt. Das Wort Haushalt klingt richtig komisch, wenn man die Wohnung betrachtet. Chaos wäre das bessere Wort.

Sie hat ein Stück Seife gefunden. Sie wäscht sich. Die Arme spart sie aus. Wenn man mit der Seife über die frischen Narben fährt, platzen sie meist wieder auf. Sie hat die Mullbinden vergessen. Zu Hause wickelt sie meistens nach dem Duschen Mullbinden um die Arme. Und zieht darüber ein frisches T-Shirt. Die Mullbinden wirft sie weg, wenn sie Blutflecken haben. In der Apotheke am Karl-Liebknecht-Platz kann man gut Mullbinden klauen. Da liegen sie in einem Drahtkorb direkt neben der Tür. Wie zur Selbstbedienung.

Ihre Mutter hat erst zwei- oder dreimal Blutflecken an ihrem Pulli entdeckt.

»Da hab ich mich gekratzt«, hat Kitty erklärt. Und das zweite Mal hat sie behauptet, dass sie mit Nadines Katze gespielt hat – so was glaubte ihre Mutter. Die Mutter hat keine Fragen gestellt. Sie hat Kitty bloß einen komischen

Blick zugeworfen. Das Gute an ihrer Mutter ist, dass sie eigentlich nie Fragen stellt.
Das Schlimme ist, dass in ihrer Familie nur das Nötigste geredet wird. Wer kauft ein, wer muss wann aufstehen, wer hat Treppenhausdienst, was gibt es im Fernsehen, und wenn ihr Vater vom Essen aufsteht, ruft ihre Mutter ihm immer nach: »Klapp die Klobrille hoch!«
Dann wird noch darüber geredet, dass alles immer teurer wird. Und dafür immer schlechter. Dass überhaupt alles immer schlechter geworden ist nach der Wende.
Aber Gott sei Dank hätten sie ja noch ihre Arbeit. »Wer weiß, wie lange«, sagt dann entweder ihr Vater oder ihre Mutter. Und dann schweigen sie wieder.
Manchmal sagt einer von beiden zu Kitty: »Du sei froh!«
»Worüber?«, fragte Kitty dann.
»Dass du dir über so was noch keine Sorgen machen musst. Du hast es warm und trocken, lebst wie eine Made im Speck. Musst dir um nichts Gedanken machen. Die gebratenen Tauben«, sagt ihre Mutter, »fliegen dir in den Mund.« Kitty steht in Svens Badewanne und betrachtet ihren mageren Körper in dem Spiegel, der an vielen Stellen Rostflecken hat. Sie sieht ihre Beckenknochen, den Bauchnabel, der wie ein kleiner Fleischknubbel herausragt. Sie hebt die Brause und lässt das Wasser über ihre Haare und ihr Gesicht laufen. Wenn sie jetzt schaut, sieht sie alles wie durch einen Vorhang von Regen. Sie denkt, dass es so in den Tropen regnen muss. Wie ein Vorhang. So dicht folgt ein Wassertropfen auf den anderen.
Manchmal denkt Kitty, dass ihr Leben ganz anders verlau-

fen wäre, wenn sie in Kuba geboren wäre. Ihre Eltern hatten eine Weile den Plan, nach Kuba auszuwandern. Das war lange vor der Wende, als die DDR noch enge Beziehungen zu Kuba hatte. Die Zuckerrohrinsel in der Karibik. Weiße Strände, Palmen, Salsa. Die Leute sprechen Spanisch. Man würde Señorita zu ihr sagen. Sie würde rote Kleider tragen, mit Rüschenröcken. Und weil es heiß ist im Sommer, einen Fächer dabeihaben. Señorita Catarina. Wie das klang. Buenas noches, Señorita . . .

Aber ihre Eltern sind dann doch nicht nach Kuba ausgewandert. Ihre Mutter hatte Angst vor den vielen Insekten. Den Käfern. Den Krabbeltieren. »Im feuchten Dschungel«, sagte sie immer, »ist es noch schlimmer als in den feuchten Küchenecken. Da krabbelt und wabbert es.«

Kitty stellt die Dusche ab, greift nach dem Handtuch und trocknet sich ab.

Jetzt, wo das Wasser nicht mehr läuft, hört sie die Geräusche aus dem Haus. Nebenan ist wahrscheinlich auch ein Bad. Sie hört eine hohe Kinderstimme und dann eine weibliche Stimme. Bestimmt die Mutter.

Sven singt in der Küche. Wenig später geht das Radio an. Wummernde Bässe.

Als Kitty fertig angezogen in der Küchentür steht, streckt Sven ihr ein Glas mit Orangensaft entgegen. »Hier«, sagt er, »Vitamine. So fängt der Tag richtig an.«

»Hast du etwa Orangensaft ausgepresst?«, fragt Kitty.

Sven grinst. »Ja, aus der Tüte.«

Kitty muss lachen. Als Sven sieht, wie gut es ihr geht, küsst er sie.

Auf den Mund. An dem bestimmt ein paar Orangensafttropfen kleben. Trotzdem ist es schön.
»Alles fit?«, fragt Sven. Er ist immer ein bisschen besorgt. Das findet sie süß.
»Klar«, sagt sie. »So fit wie nie.«

8. Kapitel

Es ist ganz einfach, sich auf den Schulweg zu machen, wenn man jemanden wie Sven an seiner Seite hat.
Man verlässt das Haus, in dem man die Nacht verbracht hat, frisch gewaschen und gekämmt, die Schulbücher unter dem Arm. Man wartet vor der Haustür, bis Sven sein Fahrrad aus dem Keller geholt hat und elegant damit vorfährt.
Das Fahrrad ist ein altes Damenfahrrad, das Sven für zwanzig Euro bei der Versteigerung der Polizei (gefundene und nicht abgeholte Gegenstände) ergattert hat. Sven behauptet, das Rad sei noch mindestens dreihundert Euro wert. Es hatte nur zwei platte Reifen. »Manche Leute sind einfach zu faul, ihre Reifen zu flicken«, sagt er. »Die stellen das Rad irgendwo ab und klauen sich ein besseres. Die Leute sind so was von kaputt heutzutage.«
Er trägt seine Pudelmütze, dunkelblau, mit Ohrenschützern.
»Statt Sturzhelm«, sagt er. »Und außerdem hat Mickey Rourke in ›Bartly‹ auch so eine Mütze getragen.« Aber wahrscheinlich war es ein anderer Film, Sven hat da was durcheinandergekriegt.
Er bremst vor der Haustür und macht eine galante Handbewegung zum Gepäckträger. »Wenn Madame bitte Platz nehmen wollen«, sagt er.
Kitty kommt die Stufen herunter, steigt auf den Gepäck-

träger, zieht die Beine an, klemmt ihre Schultasche vor den Bauch und ab geht es.
Man muss keine Angst vor der Schule haben, wenn man sich auf dem Fahrrad an Sven festhalten kann.
Bis zur Schule sind es per Fahrrad höchstens zwölf Minuten.
Einmal, in einer Abbiegung auf die Hauptstraße, ist es ein bisschen brenzlig, weil Sven die Kurve zu weit genommen hat und ihnen ein VW-Bus entgegenkommt. Aber der weicht noch gerade rechtzeitig aus. Der Fahrer zeigt ihnen zwar einen Vogel, aber Sven grinst freundlich, bittet über Handzeichen um Vergebung. Dadurch kommen sie wieder ein bisschen ins Schleudern.
»Du musst den Lenker festhalten!«, schreit Kitty.
Aber auch das geht gut.
Vor dem Eingang zum Schulhof steigt Kitty ab. Großes Gedränge und Lärm. An der Treppe kommt es zum Tumult. Einer hat seine Mappe fallen lassen. Im Hintergrund der erleuchtete Flur. Kitty hat den Geruch vom Flur schon wieder in der Nase. Sie bleibt stehen und wartet, bis Sven das Fahrrad verstaut hat. Sie lächelt, als Sven sie besorgt anschaut. »Alles in Ordnung?«
Gemeinsam gehen sie, geschubst und geschoben von anderen Schülern, auf das Portal zu. Beide Türflügel sind weit geöffnet. Rechts neben dem Portal steht Dr. Fischer, der an diesem Tag Dienstaufsicht hat. Bei Dr. Fischer hat Kitty Englisch. Auch heute. In der ersten Stunde. Es ist noch nicht so lange her, da hatte sie in Englisch eine Zwei. Jetzt steht sie auf einer glatten Vier und Dr. Fischer will immer wissen, wieso sie auf einmal so nachgelassen hat.

Sie will an ihm vorbei, drängt sich an Sven, aber Dr. Fischer hält Kitty fest.
»Hallo, Kitty«, sagt er munter. »Das ist aber nett.«
Kitty windet sich. Schaut verlegen weg. »Was denn?«
»Dass du mir heute, an einem Donnerstag, die Ehre gibst, ich kann mich gar nicht erinnern, wann du donnerstags einmal zur ersten Stunde erschienen bist. Hast du auf einmal wieder Lust auf Englisch?«
Kitty will etwas sagen, da taucht Sven auf. »Probleme?« Er mustert Dr. Fischer misstrauisch.
Er hat bei Dr. Fischer nie Unterricht gehabt, deshalb kann er so cool sein.
»Nein, nein.« Dr. Fischer wehrt lachend ab. »Ganz im Gegenteil.« Er zwinkert Kitty zu. »Wir verstehen uns schon.«
Er lässt Kitty weitergehen.
Kitty hat auf einmal weiche Knie. Sie weiß, dass Dr. Fischer sie als Erste drannehmen wird! Sie weiß es einfach.
»Was wollte der denn?«, fragt Sven. Sie sind jetzt in der Halle. Es dröhnt vom Lärm der Kinder. Von den Schreien und dem Geschabe ihrer Füße auf dem Steinfußboden. Kitty hasst dieses Dröhnen, jeder Knochen in ihrem Kopf tut davon weh.
»Dir schon gleich wieder den Mumm nehmen, was? Kapiert der gar nichts?«
»Schon gut«, sagt Kitty, »war nichts.«
»Wirklich nicht?«, fragt Sven. An der Treppe müssen sie sich trennen.
»Wirklich nicht.«
»Du hast jetzt Englisch, stimmt's?«, fragt Sven. »Bei dem Fischer? Der mag dich nicht, oder?«

Kitty stöhnt. »Bitte, Sven. Ist doch ganz egal, ob er mich mag oder nicht.«

Sven mustert sie immer noch. Er will sich einen Reim aus ihr machen. Will sie verstehen.

»Soll ich mal mit ihm reden?«

Kitty lacht hysterisch. »Bist du verrückt?«

»Also dann nicht«, sagt Sven. »Dann halt die Ohren steif! In fünf Stunden ist alles vorbei. Das musst du dir immer sagen. Ist alles nur ein Spiel, das ganze Leben.«

Kitty geht zur Treppe. Ihr Klassenzimmer ist im zweiten Stock. Sven muss in den Physiksaal. Er schaut ihr nach, wie sie die Treppen hochsteigt. Bis er sie nicht mehr sehen kann.

Kitty beugt sich über das Geländer, winkt ihm zu. Da ist sie im zweiten Stock. Nur noch ein paar Minuten, denkt sie, dann geht es los.

Alles nur ein Spiel.

Aber eins mit komplizierten Regeln.

Kitty weicht zurück, an die Wand. Lehnt den Rücken und den Kopf gegen die frisch gekalkte weiße Wand. Die anderen Schüler drängen und stolpern an ihr vorbei. Sie schließt die Augen.

Der Geruch der Schule macht sie krank. Sie hat Angst, dass sie sich übergeben muss.

Das Dröhnen in ihrem Kopf lässt nicht nach. Es ist wie eine Zange, wie eine Eisenklammer, die sich um ihren Kopf schließt, auf der Höhe ihrer Ohren und der Nase. Die Nase schwillt zu von dem Dröhnen in ihrem Kopf. Und dann tun die Nebenhöhlen auf einmal weh und sie bekommt keine Luft mehr. Es ist wie immer. Die anderen

Schüler lachen, raufen, schreien. Als wäre alles in Ordnung. Die merken offenbar nichts.
Manchmal hat Kitty schon geglaubt, dass in der Schule Giftstoffe sind. Im Fußboden, in den Wänden. In irgendeinem Putzmittel. Oder einer Farbe. Irgendetwas, das ihren Kopf ganz einfach fertigmacht.
»Hey, Kitty. Auch mal wieder da?« Das ist Sandi, der einzige Schwarze aus ihrer Klasse. Sandi Wijono aus Ghana. Als er in die Klasse kam, hat Dr. Fischer ihn gebeten, einen Vortrag über sein Land zu halten.
»Warum?«, hat er gefragt.
»Na, warum wohl? Damit die anderen sich ein Bild von deiner Heimat machen können.«
Sandi Wijono hat gesagt, er würde sich das überlegen. Am nächsten Tag ist er mit der Mitteilung in die Schule gekommen, dass er doch keinen Vortrag halten will.
»Wenn ich erzähle, wie schön es zu Hause ist«, sagte er, »dann fragen doch alle: ›Und wieso bist du hier? Wieso sind deine Eltern nicht einfach da geblieben, wenn es da so schön ist?‹ Es versteht doch sowieso keiner, dass man seine Heimat erst dann richtig liebt, wenn man sie nicht mehr hat.«
Das hatte Kitty damals gefallen. Die anderen haben Sandi ausgebuht, weil sie das blöd fanden. Aber Kitty hat ihn verstanden. Sie konnte es bloß nicht richtig erklären. Aber sie hat ihm zugelächelt, als er an seinen Platz zurückgekehrt war. Und irgendwie hat sie seitdem das Gefühl, dass Sandi ihr das nie vergisst. Dieses eine Lächeln, im richtigen Augenblick.
»Ja«, sagt Kitty. »Auch mal wieder da.«

»Der Fischer wird Augen machen.«
»Hat er schon.«
Sandi stellt seine Tasche neben ihr ab, lehnt sich auch an die Wand und schaut dem Drängeln der kleinen Schüler zu. Wenn man in die achte Klasse geht, fühlt man sich den Sechsklässlern unheimlich überlegen.
»Was hat er gesagt?«
»Dass er sich freut oder so was.«
Sandi feixt. »Und du hast das natürlich geglaubt.«
Kitty verzieht ihr Gesicht. »Hältst du mich für so blöde? Der wäre mich doch am liebsten los.«
»Wie kommst du denn da drauf?«
»Na, die wollen mich doch von der Schule kicken. Seit ich so schlecht geworden bin. Seit meine Zensuren so mies sind.«
»Du warst doch früher einmal total gut?« Sandi stößt sich von der Wand ab, starrt Kitty an. »Vielleicht will der Fischer dir ja nur helfen.«
»Quatsch.« Kitty zuckt mit den Schultern. »Dem bin ich doch egal.«
»Glaubst du wirklich?« Sandi runzelt die Stirn. »Ich meine, wieso sollte er dich loswerden wollen?«
»Keine Ahnung. Sie wollen es einfach. Ich störe sie. Sie können mich nicht leiden. Und weißt du, was? Ich kann die ganze Schule genauso wenig leiden. Sie macht mich krank.«
»Seit wann kannst du hören, was die Leute denken? Niemand hat etwas gegen dich.« Kitty bückt sich, hebt ihre Schultasche auf und drückt sie gegen den Bauch. Sie will weitergehen, aber Sandi bleibt bei ihr.

»Echt«, sagt er, »die mögen dich alle.«
Kitty zuckt nur mit den Schultern.
»Weil ich es nicht aushalte. Deshalb.«
Sie sind jetzt kurz vor ihrem Klassenraum. Kitty sieht Katja und Nadine miteinander tuscheln und auf sie deuten. Aha, denkt sie, geht schon wieder los.
Nadine umarmt Katja und verschwindet mit ihr in der Klasse. Das Lachen aus dem Klassenraum dringt bis zu ihr. Die lachen jetzt über mich, denkt sie und schon beginnt wieder das Glühen in ihrem Kopf, direkt unter der Hirnschale.
Einmal musste sie einen englischen Text lesen und hat das Wort *desert* falsch ausgesprochen, sodass es wie Dessert klang. Süßspeise statt Wüste. Alle hatten sich schiefgelacht. Eine ganze Stunde über einen blöden Versprecher. Es ist die Hölle gewesen.
Sie lässt die Schultasche fallen, der Verschluss geht auf und alles fällt raus. Kitty rührt sich nicht. Sie starrt einfach nur auf die Sachen zu ihren Füßen.
Ich geh da nicht rein, denkt Kitty.
Sandi lacht, unsicher. »Hey. Was ist jetzt auf einmal?«
Kitty rührt sich nicht.
Nadine taucht plötzlich auf. Sieht die Schulsachen auf dem Fußboden. Presst die Hand auf den Mund.
Kitty sieht den langen Flur, der jetzt leer ist. Die Glocke schrillt. Die Türen zu den Klassenzimmern sind noch offen.
Am Ende des Flures tauchen drei Gestalten auf. Die Lehrer. Sie kommen auf Kitty zu. Mit schnellen energischen Schritten. Michael Just, der Deutschlehrer. Den hat Kitty

in der zweiten Stunde. Unter den letzten Aufsatz hat er geschrieben: »Kannst du es nicht besser oder willst du einfach nicht?« Kitty musste die Arbeit von ihren Eltern unterschreiben lassen. Ihre Mutter war ganz erschrocken.
»Früher haben dich die Lehrer immer gelobt.«
»Früher war eben früher«, hatte Kitty erwidert, das Heft an sich gerissen und war aus dem Zimmer gerannt.
Die nächste Arbeit, die sie zu Hause vorzeigen musste, war eine Mathearbeit. Da hatte sie eine Sechs. Früher hatte sie in Mathe auf einer glatten Drei gestanden. Ihr Vater ist ausgeflippt.
»Weil du dich nie vorbereitest!«, hat er geschrien. »Weil du denkst, du musst nicht lernen wie die anderen!«
»Stimmt doch gar nicht, Papi.«
»Glaubst du, wir wissen nicht, dass du nachmittags auf dem Bett liegst und träumst, anstatt zu lernen? Denkst du, wir sind blind und sehen nicht, dass dir die Schule völlig egal ist? Wir werden das nicht zulassen, Kitty. Wir werden dafür sorgen, dass du einen guten Schulabschluss machst.«
»Da bin ich aber gespannt«, hat Kitty erwidert.
Oda Cleve, die Chemielehrerin. Die hat Kitty für die letzte Arbeit eine Sechs gegeben. Total ungerecht hat Kitty das gefunden, weil sie in all den letzten Stunden, als die Experimente durchgeführt wurden, nicht dabei gewesen ist. Ohne Experiment konnte sie die Fragen doch gar nicht verstehen. Die Cleve hätte ihre Arbeit gar nicht beurteilen dürfen. Aber Kitty hat nicht den Mut gehabt, ihr das zu sagen. Die Cleve hat Augen wie ein Fisch, ganz kalt.
Der Dritte war Dr. Fischer. Dr. Eckehard Fischer, der Eng-

lischlehrer. Alle mit geöffneten Jacketts. Und Hosen, die bei jedem Schritt um die Beine schlagen. So energisch gehen sie. Alle mit aufgerichteten Körpern, gerecktem Hals. Unerbittlich kommen sie näher, ihre Schritte hallen im Flur. Ihre Stimmen werden immer lauter, dröhnen, hämmern in ihrem Kopf. Sie kann nichts verstehen. Aber sie hört ihren Namen. Sie ist sicher, dass sie immer wieder »Kitty« hört. Aus der Klasse dringt das Lachen.
Nadine stopft Kittys Sachen in die Schultasche. »Kannst ruhig helfen«, murmelt sie. »Was hast du denn?«
»Nichts. Mir ist schlecht.«
Kitty reißt Nadine die Tasche aus der Hand. Dann rennt sie los.
Sie rennt auf die drei Lehrer zu, blind, die weichen zur Seite, geben Raum für sie.
»Aber Kitty!«, ruft Dr. Fischer. Er bleibt zuerst stehen. Er will die Arme ausbreiten, sie aufhalten. Aber sie schlägt mit der Tasche gegen seinen Arm, schlägt kräftig. Rennt weiter.
Rennt zur Treppe, nimmt zwei Stufen auf einmal, rennt nach draußen. Rennt, bis sie auf der Straße steht.
Bleibt stehen. Atmet lange. Langsam. Tief. Schließt die Augen. Aber davon wird es nicht besser. Das Dröhnen. Das Lachen.
Und alles in einem Kopf, der wie ein Feuerball ist.
Sie geht zurück, bis zu dem Platz mit dem Brunnen. Es ist höchstens zehn Grad. Im Brunnen sprudelt das Wasser, das ein kleiner Bronzejunge ausspuckt. Letzte Woche war das Wasser abgestellt.
Kitty steckt ihren Kopf in das Wasser. Sie hält die Nase zu

und steckt den ganzen Kopf in das kalte Wasser, bis das Dröhnen aufhört. Bis es nicht mehr glüht und brennt.
Als sie den Kopf hochhebt, steht eine alte Frau neben ihr und sagt erschrocken: »Aber Kindchen? Was machst du da? Du wirst dir eine Erkältung holen. Nimm das hier, schnell! Und wickle dich damit ein! Den ganzen Kopf.«
Sie hält Kitty ihren Schal hin. Eine Frau, die Kitty noch nie gesehen hat, gibt ihr einen Schal.
Kariert. Aus weichem Stoff. Kitty nimmt den Schal, weil sie nicht denken kann. Oder weil sie glaubt, dass sie die Frau sonst nicht loswird.
Die Frau lächelt, als sie sieht, wie Kitty sich den Schal um das nasse Haar schlingt. Zweimal.
»Du kannst ihn mir zurückbringen, wenn du ihn nicht mehr brauchst. Ich heiße Feger. Wie der Handfeger. Kleiststraße 14, dritter Stock. Feger, wie Handfeger.«
»Schon verstanden«, sagt Kitty. »Danke.«
Die Frau geht nicht weg. Schaut Kitty immerzu an.
»Ist was?«, fragt Kitty.
»Das müsste ich dich fragen«, sagt die alte Frau. Aber sie lächelt so freundlich und milde, dass Kitty es ihr nicht übel nimmt. Alle Leute fragen immer, ob irgendetwas ist.
Wie seh ich denn aus?, denkt Kitty. Was ist denn anders mit mir? Wieso fragen immer alle Leute so was?
»Ich muss gehen«, murmelt Kitty.
»Ah ja«, sagt die freundliche Frau, »die Schule hat bestimmt schon angefangen. Lass das Tuch um, bis die Haare ganz trocken sind!«
Kitty nickt. Sie lächelt die Frau an und läuft weiter.

»Feger!«, ruft die Frau ihr nach. »Wie Handfeger. Kleiststraße 14, dritter Stock. Ich freu mich!«
Aber das hört Kitty schon nicht mehr.

9. Kapitel

Sven hat an diesem Morgen viel um die Ohren. Gleich in der ersten Stunde beauftragt ihn der Physiklehrer, im Internet nach einem Anbieter für billige Akkus zu suchen. Es müssen besondere Akkus sein, für ein physikalisches Experiment, das der Physiklehrer mit der ganzen Klasse durchführen will. Dazu braucht jeder einen Akku, aber keiner der Schüler hat Lust, dafür sein Taschengeld zu opfern.
Sven soll sich also in der Freistunde an den Schulcomputer setzen und ein bisschen surfen.
Eigentlich macht Sven so etwas Spaß. Auf der anderen Seite wollte er die Freistunde nutzen und mit Kittys Klassenlehrerin sprechen. Rita Nüssel war wegen ihres Schwangerschaftsurlaubs sechs Monate nicht in der Schule. Aber heute ist sie den ersten Tag wieder da. Er hat sich informiert. Kitty hat immer nett über die Lehrerin gesprochen, und soweit Sven weiß, hat sie damals, als Frau Nüssel noch Unterricht gab, nie gefehlt. Jedenfalls selten.
Sven hat sich vorgenommen herauszufinden, was bei Kitty schiefgelaufen ist.
Irgendetwas ist schiefgelaufen, so viel ist ihm klar. Aber was? Vielleicht hat Frau Nüssel eine Ahnung.
In der zweiten Stunde, vor der großen Pause schreiben sie einen Test. In Geschichte. Zum Dreißigjährigen Krieg. Der

Frieden von Münster. Welche Länder waren beteiligt? Wie sah der Friedensvertrag aus? Sven raucht der Kopf. Er interessiert sich für Politik, aber nicht für Geschichte, die schon so lange zurückliegt.
Dabei hat der Geschichtslehrer erklärt, dass mit dem Ende des Dreißigjährigen Krieges eigentlich die Neuzeit begonnen hätte. Und nun möchte er in dem Test auch noch Beispiele dafür.
Weil alle Schüler murren, erlaubt der Lehrer, dass die Pause noch hinzugenommen wird.
Mehr Zeit zum Nachdenken, zum Korrigieren, Ausfeilen des Textes.
Sven gibt erst in der letzten Minute ab. Er hat vier Fragen nicht beantwortet. Einfach nur ein Fragezeichen eingetragen. Das ist schlecht, das weiß er selbst und es ärgert ihn noch, als er schließlich am Schulcomputer sitzt.
Erst in der nächsten Pause hat er Zeit, an Kitty zu denken. Er sucht sie in der Cafeteria, aber da ist sie nicht. Sie hatten sich allerdings auch für die erste große Pause in der Cafeteria verabredet, als Sven noch über dem Geschichtstest brütete. Nadine und Katja sind da, fragen sich gegenseitig französische Vokabeln ab.
Als sie sehen, dass Sven mit suchendem Blick herumstreift, spricht Nadine ihn an. »Suchst du jemanden?«
Sven kommt zu ihnen rüber. »Ja, Kitty.«
Nadine verdreht die Augen. »Die war heute wieder total durchgeknallt. Ich wollte ihr helfen, mit ihr reden. Aber das geht irgendwie gar nicht. Die ist immer total auf Abwehr.«
»Wir haben gehört, ihr seid jetzt zusammen«, sagt Katja, »wie hältst du das aus?«

»Früher hat sie manchmal bei mir geschlafen«, sagt Nadine. »Früher war Kitty ein echt guter Kumpel. Ich verstehe das alles nicht.«

»Erzähl mir lieber, wo ich sie finden kann«, sagt Sven.

Katja hebt die Schultern. »Sie ist abgehauen. Genau wie letztes Mal. Vor dem Klassenzimmer ist sie plötzlich durchgedreht. Einfach weggerannt. Der Fischer hat noch versucht, sie aufzuhalten. Aber wenn sie so drauf ist, merkt sie nichts.«

»Genau. Sieht nichts. Hört nichts.«

»Und hat so einen komischen Blick«, sagt Katja. »Da krieg ich immer eine Gänsehaut.«

»Du bist bescheuert«, sagt Sven, »sie hat einen total normalen Blick.«

Er zieht Nadine zur Seite. Er räuspert sich verlegen. »Wir haben übrigens zu einer kleinen Notlüge gegriffen. Wir haben Kittys Eltern erzählt, dass sie für eine Weile bei dir wohnt.«

»Sag mal, spinnst du total? Wieso bei uns?«

»Weil ihr befreundet seid.«

»Mann, das ist Monate her! Kitty redet mit mir doch gar nicht mehr!«

Als sie sich losmacht, stößt sie fast mit Sandi zusammen.

Sven und Sandi kennen sich vom Fußball. Sie haben ein Jahr lang in der Schülermannschaft gespielt.

»Hey«, sagt Sandi. »Lange nicht gesehen. Trinkst du einen Kaffee mit?«

Sven schüttelt den Kopf. »Ich bin pleite.«

»Macht nichts. Ich lade dich ein.« Sandi legt seinen Arm

um Sven. »Komm, noch sieben Minuten bis zum Klingeln. Das schaffen wir locker. Wieso spielst du nicht mehr in der Mannschaft?«

»Keine Zeit«, Sven schaut sich um. Vielleicht taucht Kitty irgendwo noch auf, denkt er. Er will Sandi die Einladung zum Kaffee nicht abschlagen. Er weiß, dass Sandi nicht viele Freunde an der Schule hat.

»Du hast viel um die Ohren?«

Sven nickt. Sandi bestellt zwei Kaffee. Stellt die Becher auf das Tablett und zahlt.

»Was war mit Kitty heute los?«, fragt er, als er das Tablett rüberträgt zum Stehtisch.

»Wieso?« Sven ist sofort hellwach. »Hast du sie gesehen?«

»Keine Ahnung. Die war so komisch. Ich wollte ihr helfen. Aber ging nicht. Ich dachte, du weißt was.«

»Wieso sollte ausgerechnet ich was wissen?«

Sandi lächelt verlegen. »Man sagt, dass du dich um sie kümmerst.«

»Wie das klingt. Als wenn sie alleine nicht klarkommt.«

Sandi schaut Sven aufmerksam an. »Ist das nicht auch so?«

Sandi rührt mit einem Holzstäbchen im Kaffee. »Scheiße«, sagt er, »zu viel Milch.« Er trinkt vorsichtig, verzieht das Gesicht.

»Kannst meinen haben.« Sven schiebt ihm den Kaffee hin. »Ich hab noch keine Milch reingetan. Mir macht das nichts aus.«

»Oh. Danke.« Sie tauschen. Schweigend trinken sie.

Sandi beobachtet Sven. »Tut mir leid. Wenn ich was gesagt habe, das dich ärgert.«

»Quatsch«, sagt Sven. »Ist schon in Ordnung. Ich frag mich bloß, wie schnell bei uns in der Schule so was rumgeht. Eben habe ich mit Nadine und Katja gesprochen, die wussten schon, dass Kitty heute Nacht bei mir geschlafen hat.« Er hebt den Kopf und sieht Sandi an. »Dabei ist gar nichts zwischen uns. Ich hab bloß gedacht, ich muss die bei ihren Eltern rausholen. Die musste da raus, weißt du. Dann geht es ihr bestimmt gleich besser.«

»Klar, Mann.« Sandi lässt die Augen nicht von Sven.

»Ihre Eltern kapieren ja gar nicht, was mit ihr los ist«, sagt Sven. Wollen es wahrscheinlich auch nicht wissen.

»Was denn?« Sandi setzt den Becher ab.

Sven rührt in seinem Kaffee. »Du, die fügt sich sogar selbst Verletzungen zu. Schneidet sich mit einem Messer die Arme auf. Und die Eltern sagen nichts.«

Sandi starrt ihn fassungslos an. »Das müssen die doch merken!«

»Sie erzählt ihnen einfach irgendwas, lügt ihnen was vor. Mir übrigens auch. Neulich hatte sie die Handgelenke verbunden. Sie hätte sich im Kunstunterricht verletzt.«

»Im Kunstunterricht? Wie soll denn das gehen?«

»Na ja. Ich hab's ja auch geglaubt. Die arbeiten doch mit Linolschnitten. Und die Messer sind superscharf. Da kann man sich schon mal schneiden. Aber gestern habe ich gesehen, dass sie die Arme ganz voller Narben hat.«

Sandi blickt Sven ernst an. »Sag mal, könnte das ein Selbstmordversuch gewesen sein?«

»Wieso denn Selbstmordversuch?« Sven fasst sich an den Kopf. »Oh, Mann«, flüstert er. »Oh, Mann.«

»Hey«, sagt Sandi. »Ist ja nicht bewiesen, aber komisch ist es schon, oder?«

»Klar«, murmelt Sven, »komisch ist es.«

Scheiße, dachte er. Scheiße, worauf hab ich mich da eingelassen. Das ist der Wahnsinn. Oh, Mann. Was mach ich jetzt. Ich schick sie wieder zu ihren Eltern. Ich sag ihr, dass sie bei mir nicht länger wohnen kann. Ich will doch niemanden in meiner Bude, der vielleicht mit dem Gedanken spielt Schluss zu machen. Das war nicht der Deal. Sie wollte doch einfach nur ein paar Tage bei mir wohnen. Um einen klaren Kopf zu kriegen, das wieder mit der Schule auf die Reihe bringen. Solche Sachen.

»Und ihre Eltern?«, fragt Sandi. »Was sagen die dazu?«

»Die sagen gar nichts.«

»Komm, das gibt's nicht.«

»Weil sie nichts merken.«

»Aber so was muss man doch merken.«

Sven hebt die Schultern. »Man merkt nur, was man merken will, verstehst du. Kitty sagt, ihre Eltern sind mit ihr überfordert.«

Sandi schaut Sven mitfühlend an. »Ich schätze, du hast ein Problem.«

»Eins?«, fragt Sven bitter. »Einen ganzen Sack voll. Die haben Angst vor der Wahrheit. Angst, dass bei ihnen zu Hause noch wirklich geredet wird. Die wollen immer noch glauben, dass alles Friede – Freude – Eierkuchen ist.«

»Oh Mann«, flüstert Sandi. »Ich hatte keine Ahnung.«

»Hoffentlich erzählst du es nicht gleich jedem weiter. Aber ich möchte bloß, dass einer an dieser Penne kapiert, wieso sie bei mir schläft. Nicht, dass schon wieder falsche Tatsachen erzählt werden.«

Sandi lächelt. »Falsche Tatsachen gibt es nicht.«

»Ha«, knurrt Sven. »Noch ein Klugscheißer. Ich muss gehen. Danke für den Kaffee.«

»Hey. Warte doch!« Sandi hält ihn am Ärmel fest. Die beiden sehen sich an. »Sie ist mit mir zum Klassenzimmer gegangen«, sagt Sandi, »und im nächsten Moment ist irgendetwas gewesen, keine Ahnung, und plötzlich hat sie ihre Tasche fallen gelassen. Und dann stand sie da wie – wie gelähmt. Ich weiß nicht. Mit so einem glasigen Blick. Und dann hat sie sich umgedreht und ist weggelaufen. Hat die Lehrer fast über den Haufen gerannt. Dr. Fischer hat ein Gesicht gemacht, kann ich dir sagen. Und die Kommentare, die er dann abgelassen hat . . . also bei dem muss sie sich was Besonderes einfallen lassen, wie sie das ausbügeln will. Der ist stinksauer. Echt stinksauer.«

Sven atmet tief durch. Er fährt sich durch die Haare, merkt, dass seine Finger voller Gel sind, wischt sie an den Jeans ab. »Danke.«

»Schon okay.« Sandi grinst.

»Es ist eine verdammte Scheiße«, knurrt Sven. »Ich hätte mich da raushalten sollen. Ich krieg bloß Ärger. Das spür ich richtig. Einen Megaärger krieg ich nicht nur mit ihren Eltern. Auch mit der Schule. Überhaupt. Oh Mann, und dabei haben wir jetzt Deutsch und ich weiß überhaupt nicht, wo mir der Kopf steht.« Jemand rempelt ihn an, entschuldigt sich, aber Sven bekommt das gar nicht mit. Er schaut Sandi an. »Hast du echt keine Ahnung, wo sie jetzt ist?«

Sandi schüttelt den Kopf.
»Meinst du, ich müsste mich jetzt kümmern? Mann. Das nervt alles so. Wieso kann die nicht einen einzigen Tag mal so sein wie alle anderen. Nämlich ganz normal die Schulstunden dasitzen!«
Sandi überlegt. »Ich denke mal, die beruhigt sich wieder«, sagt er. »Es ist ja eigentlich nichts gewesen. Die macht sich ihren Stress selber. Es war wirklich nichts. Wir haben uns vorher total normal unterhalten. Ich glaube nicht, dass du sie suchen musst. Die Deutschstunde ist für dich doch wichtig, oder?«
Sven ist Sandi richtig dankbar, dass er ihm nicht die Verantwortung für Kitty aufbürdet.
»Danke, Kumpel.« Er schlägt Sandi auf die Schulter.
Sandi grinst. »Schon okay.«

10. Kapitel

Sven steigt die Treppe zu seiner Wohnung hoch. In der Hand hält er den Hausschlüssel. Am Schlüsselring hängt ein zotteliges Monster aus ultragrünem Kunststoffplüsch. Das hat Schnös ihm zum Geburtstag geschenkt, mit der Bemerkung, das sei genau das Tier, das zu ihm passe.
Sven ist fast erleichtert, dass er Kitty nicht gefunden hat. Sein Kopf war angefüllt mit eigenen Problemen. Natürlich hat er im Internet keinen Akku-Anbieter gefunden, der Geschichtstest war mit Sicherheit eine Fünf und die Deutschlehrerin hatte ihm ein Referat über Hermann Kant aufgebrummt. Auf den hat er überhaupt keine Lust.
Er denkt an die schmutzige Wäsche, die im Bad wartet, an die Berge von ungewaschenem Geschirr. Er denkt daran, dass er seine Großeltern anrufen und sie daran erinnern muss, dass sie ihm einen Scheck schicken wollten. Er denkt einen Augenblick darüber nach, mal wieder nach Hause zu seiner Großmutter zu fahren. Vielleicht könnte er sie dazu bringen, ihm den monatlichen Scheck zu erhöhen. Und dass er eine neue Jacke braucht fürs Frühjahr. Und Schuhe. Und im Treppenhaus funktioniert das Licht mal wieder nicht.
Überhaupt wäre es vielleicht nett, mal nach Hause zu fahren. Die Freunde von früher. Die ganze Stimmung . . .
Alles locker und unbeschwert. Er würde mal wieder ins

Titanic gehen und schauen, ob Jens immer noch auf DJ macht . . .

Er will gerade den Schlüssel ins Wohnungstürschloss stecken, als er mit dem Fuß gegen etwas stößt. Etwas Weiches.

Auf dem Boden liegt Kitty, zusammengerollt wie ein Kleiderbündel, den Kopf unter den Armen. Sie liegt so eingequetscht in der Flurecke, dass nur ihr Bein ausgestreckt in den Flur ragt.

»Kitty! Mann!«

Er spürt, dass Wut in ihm aufsteigt. Wieso ist sie auf einmal wieder da? Er hatte sie fast vergessen.

Sven bückt sich. Er fasst Kittys Schultern. Sie lässt sich ganz leicht herumdrehen. Viel zu leicht. Er fasst nur ihre Schultern an und schon fällt sie auf den Rücken.

Ihr Gesicht ist totenbleich. Die Lippen ganz weiß. Die Augen verdreht. Er hat noch nie einen Menschen so gesehen.

Er schreit: »Kitty!«

Er kniet sich hin, hebt ihren Oberkörper hoch, aber ihr Kopf fällt einfach nach hinten.

Sven richtet sich auf, zieht Kitty mit hoch, sie hängt schlaff in seinen Armen, den Kopf zurückgebogen, so weit zurück, wie man eigentlich einen Kopf gar nicht biegen kann. Ihr Mund ist halb geöffnet. Aus ihrem Magen kommt ein komischer säuerlicher Geruch.

Die Pulliärmel hat sie über die Hände gezogen.

Er schließt die Haustür auf. Rennt in die Küche, nimmt ein Glas, dreht den Wasserhahn auf.

Rennt zurück, hält Kitty das Wasser hin. Hebt wieder ih-

ren Kopf an, aber das Wasser läuft aus ihren Mundwinkeln.
Es fällt ihm ein, dass er an ihren Hals fassen muss. So machen es die Polizisten immer in den Krimis. Er spürt nichts. Er weiß auch nicht wirklich, was er spüren sollte. Ihre Schlagader? In dem Augenblick sieht er, dass ihre Ärmel voller Blut sind. Alles ist plötzlich voller Blut.
Er kämpft gegen seine Panik. Er möchte schreien, aber er zerrt Kitty in die Küche, legt sie auf den Boden und klemmt einen Stuhl unter ihre Beine.
Ich muss Hilfe holen, denkt Sven.
Mehr kann er nicht denken.
Nur: Ich muss Hilfe holen.
Er rennt zum Telefon und weiß auf einmal die Notrufnummer nicht mehr. Weiß überhaupt nichts mehr.
Er stürzt in den Flur, reißt die Wohnungstür auf, schreit: »Hilfe! Kann jemand helfen, bitte?«
Die Tür gegenüber geht auf. Ein Mann kommt heraus, er knöpft sich gerade die Hose zu.
Es ist der dicke Nachbar, den Sven nie gegrüßt hat. Sven findet es blöde, Leute zu grüßen, die er nicht kennt. Der Nachbar ist vielleicht fünfzig Jahre alt, hat eine Halbglatze. Sehr kurzsichtig. Eine Brille mit ganz dicken Gläsern.
Er kommt auf Sven zu, knöpft sich dabei die Hose zu, dann schließt er den Gürtel.
»Was ist los?«
Sven zittert am ganzen Körper. Er kann nicht sprechen.
»Hast du hier so geschrien?«, fragt der Mann.
Sven nickt. Er deutet auf die Wohnung. »Sie . . . atmet nicht . . .!«

Der Mann schaut Sven an, dann schiebt er ihn einfach beiseite, geht in die Wohnung. »Wo?«, fragt er.
»Rechts . . . Küche . . .«, stößt Sven hervor.
»Wo?«, ruft der Mann.
»Küche!« Dieses Mal kommt es etwas lauter aus Svens Mund. Der Mann verschwindet in der Küche. Nach einer Sekunde ist er wieder da.
Rennt an Sven vorbei in seine Wohnung. Sven hört, wie er ins Telefon brüllt. »Einen Notarzt! Sofort! Suizidversuch! Schnell!«
Er rennt wieder zurück. Immer von einer Wohnung in die andere. An Sven vorbei. Sven steht da und weiß nicht, was er tun soll. Er stolpert ins Badezimmer, lässt Wasser über seine Arme laufen, die Jacke, wäscht sich das Gesicht, obwohl da gar kein Blut ist, schaut in den Spiegel, sieht Blutschlieren jetzt überall. Er reißt den Mund auf, als wollte er schreien. Er ist völlig durcheinander. Er rennt zurück, sieht, dass Kitty immer noch so daliegt. Die Arme schlaff neben dem Körper. Das Gesicht totenbleich.
Der Mann redet nicht mit Sven, achtet gar nicht auf ihn.
Er bewegt sich wie jemand, der weiß, was er tut.
Sven lehnt mit geschlossenen Augen an der Wand.
Bis er die Sirene hört. Den Notarztwagen.
Er stellt sich vor, dass alles nur ein Traum ist. Ein Albtraum. Er hat Kitty nie wirklich geliebt. Bloß gemocht. Ein bisschen.
Zwei Sanitäter in weißen Anzügen rennen die Treppe hoch, sie haben eine Trage bei sich. Einer trägt eine schwarze Arzttasche. »Wo ist es?«, brüllt der eine.
Sven deutet mit zitternder Hand auf seine Wohnung. Er

sieht, wie der Nachbar aus der Küche kommt. »Sieht schlimm aus«, sagt der Nachbar.

Svens Beine geben nach. Ganz langsam sackt er in sich zusammen. Jetzt hockt er im Treppenhaus, zwischen den beiden Wohnungstüren und schaut durch die Sprossen des Treppengeländers. Er hört, wie die Männer reden. Sich gegenseitig etwas zurufen, wie der Nachbar immerzu irgendetwas tut, sagt, herumläuft, immer wieder in seine Wohnung rennt und wieder zurück.

Sven versteht nichts. Niemand kümmert sich um ihn.

Dann sagt einer: »Bitte Platz machen!« Sie tragen Kitty auf der Trage in den Flur. Ihr Gesicht ist weiß wie Schnee. Schneewittchen, denkt Sven.

Sven richtet sich langsam auf.

Der Nachbar bleibt neben ihm stehen. »Sie kommt ins Johanniter-Krankenhaus. Sie hat viel Blut verloren. Man weiß nichts. Bist du irgendwie mit ihr verwandt? Der Bruder oder so?«

Sven schüttelt den Kopf.

»Ihr Freund?«

Sven nickt.

»Und ihre Eltern?«

»Die . . . die wohnen . . .« Sven kann sich nur langsam konzentrieren. Er müsste jetzt ihren Namen sagen, die Adresse der Eltern, aber ihm fällt gar nichts ein. Er ist so in Panik, er hat noch nie etwas Ähnliches erlebt, er starrt auf Kittys Gesicht. Sie sieht aus wie tot, vielleicht ist sie ja doch tot und die Sanis wollen es ihm nur nicht sagen. Er weiß nicht, was er fühlt. Er fühlt eigentlich gar nichts.

Wenn jemand ihn fragen würde: »Hast du Kitty geliebt?«, würde er Nein sagen.
Nicht sagen, schreien würde er. »Nein! Ich habe sie nicht geliebt! Sie soll aus meinem Leben verschwinden! Sie macht mich kaputt!
Kaputt! Kaputt!«
»Sie heißt Kitty Semrau«, flüstert er. »Sie hat gestern Nacht bei mir geschlafen. Wir hatten nichts miteinander.«
Der Nachbar ist freundlich. »Das interessiert jetzt niemanden«, sagt er milde. »Wenn du willst, kannst du mitfahren. Die brauchen jemanden, der ein paar Fragen beantwortet. Und vielleicht willst du ja selber auch bei ihr sein, oder nicht?«
Sven nickt. Hilflos. »Doch«, murmelt er. »Doch. Ja.«
»Also, dann geh hinterher!«
Sven folgt also den beiden Sanitätern, die Kitty auf der Trage die Treppe heruntertragen. Er sieht, wie Kittys Kopf hin und her rollt, bei jedem Treppenabsatz. Er sieht, dass einer der Sanis einen Ohrring trägt, der andere hat einen Pferdezopf.
Er hört, dass die beiden etwas sagen, aber er versteht nicht, was sie sagen. Dann sind sie draußen. Die Luft ist kalt, irgendwie beißend. Ihm wird ganz schlecht von der frischen Luft.
»Deine Jacke ist ganz nass«, sagt der Sani, »zieh sie lieber aus!«
Sven nickt. Teilnahmslos gehorcht er.
»Du kannst vorne sitzen«, sagt der Sani, »ich bleibe hinten bei ihr. Pass auf, das geht jetzt schnell!«
Sven nickt. Er setzt sich auf den Beifahrersitz. Der Fahrer

klemmt sich hinter das Steuer, macht die Sirene an, fährt im Rückwärtsgang aus der Ausfahrt. Sven fliegt mit dem Kopf fast gegen die Windschutzscheibe.
»Ich hab doch gesagt, wir sind schnell«, sagt der Sani. »Wieso bist du nicht angeschnallt?«
»Ach ja,« murmelt Sven. »Stimmt. Entschuldigung.«
Sie rasen mit Blaulicht und Sirene durch die Stadt, die Sven so fremd vorkommt wie der Mond.

11. Kapitel

Sven sitzt in einem halbhoch hellgrün gekachelten Flur und er wartet. Er sitzt auf einer braunen Holzbank und starrt auf eine Tür, über der EINTRITT VERBOTEN steht. Über der Tür ein rotes Stopplicht. Ein Warnlicht.
Am Ende des Flures, oben über dem Durchgang zu einer Station, über der NEUROLOGIE steht, gibt es eine große runde Uhr. Weißes Zifferblatt, schwarze Zeiger. Die Uhr zeigt auf halb sechs.
Draußen ist es dunkel. Einen Augenblick hat Sven geschlafen, tief und traumlos, und als er aufwacht, ist es zehn vor sechs und er weiß nicht: Ist es frühmorgens oder abends. Draußen ist es stockfinster.
In den Scheiben, hohe schmale Fenster, spiegeln sich die Flurlampen. Manchmal wird eine Tür (alle haben Gummilaschen um die Griffe, damit sie keinen Lärm machen beim Zufallen) aufgestoßen und jemand kommt heraus. Im weißen Kittel, schnell. Auf leisen Gummisohlen. Weiße Schuhe, die wie Turnschuhe aussehen, aber bestimmt viel gesünder sind.
Sven spürt dann einen Lufthauch an seinem Gesicht, von dem wehenden Kittel, dem Wind, den die vorbeihastenden Menschen machen. Sonst nichts. Keiner beachtet ihn. Keiner fragt ihn, warum er da sitzt. Aber alles um ihn herum ist irgendwie in Bewegung.
Irgendwann sind Kittys Eltern plötzlich aus dem Aufzug di-

rekt auf ihn zugekommen. Eine Krankenschwester war bei ihnen. Kittys Mutter hat geweint. Herr Semrau war leichenblass. Sven wollte aufstehen und ihnen die Hand geben. Aber sie haben ihn gar nicht wahrgenommen. Sind einfach an ihm vorbei und durch die Tür verschwunden. Über der EINTRITT VERBOTEN stand.
Sven weiß, dass er hier nicht mehr gebraucht wird. Dass man sich für ihn nicht interessiert. Aber er ist nicht nach Hause gegangen, weil er es dort nicht aushalten würde. Es tut ihm so leid, dass er Kitty nicht helfen konnte. Fast hätte er sie im Stich gelassen. Aber das war einfach alles zu viel für ihn. Bestimmt ist es gut, dass sich jetzt Ärzte um Kitty kümmern. Er allein hätte es sowieso nicht geschafft.
Er denkt an das Blut im Flur. Bestimmt ist da noch Blut. Sein Jackenärmel ist längst getrocknet, aber eine dunkle steife Kruste ist geblieben.
Irgendwie sind die Ärmel da, wo sie nass geworden sind, jetzt ganz steif. Sven fragt sich, ob das von dem Blut kommt.
Er starrt auf die Uhr. Jetzt ist es sechs. Und dann hört er Stimmen. Laut. Lachend. Und eine Tür geht auf. Und aus dem großen Fahrstuhl drängt eine Gruppe von Menschen in Winterkleidung. Sie haben rosige Gesichter, weil sie aus der Kälte kommen, von draußen. Sie bleiben stehen und starren Sven an.
Eine Frau, die so alt aussieht wie Svens Mutter, wenn sie noch lebte, kommt auf ihn zu. Sie nimmt ihre Mütze ab und fragt: »Was machen Sie denn hier?«
Sie legt ihre Hand auf seinen Arm. Ihre Stimme ist sanft.

Sven schaut auf. Seine Augen sind rot und entzündet von Müdigkeit oder irgendetwas anderem. Er fühlt sich so fremd, als stecke er in einem anderen Körper. Er kann das nicht erklären. Hier im Krankenhaus riecht alles merkwürdig. Die Stimmen sind anders. Man denkt an die Kranken, die überall liegen. In den Zimmern über ihm, unter ihm. Nebenan.

Vielleicht wird jemand operiert. Vielleicht stirbt gerade jemand. Man denkt auf einmal an Sachen, an die man früher nie gedacht hat.

»Ich warte«, sagt Sven, »bis ich weiß, was mit ihr ist.«

Die Frau schaut sich um nach den anderen. Ein junger Mann mit lustigen Augen tritt näher. »Ein Notfall?«, fragt er.

Sven nickt. »Ich glaube schon.«

»Ihre Mutter?«, fragt die Frau mitfühlend.

Sven schüttelt den Kopf. »Meine Freundin. Kitty Semrau.«

»Ah.« Die Frau zieht einen Kamm aus ihrer Umhängetasche und kämmt sich durch das Haar. Dann knöpft sie ihren Mantel auf. Sie macht sich für die Arbeit fertig, während sie mit Sven spricht.

Vielleicht ist sie Ärztin, denkt Sven, oder eine Schwester.

»Was ist passiert?«

»Sie hat sich die Arme aufgeschnitten«, sagt Sven.

Die Frau und die anderen drei Männer schauen sich an. Die Frau legt Sven die Hand auf die Schulter und fragt: »Und wie lange sitzen Sie schon hier?«

»Weiß nicht.« Sven schließt die Augen. Er ist so müde. Er wünschte, die Frau würde einfach eine Tür aufmachen und auf ein Bett zeigen und sagen: »Leg dich da hin und schlaf dich aus!« Er würde sofort in einen Tiefschlaf fallen, das weiß er genau. Die Frau müsste nur einen Ton sagen. Stattdessen redet der junge Mann mit den lustigen Augen. »Wissen Sie, welcher Arzt sie behandelt?«

Sven schüttelt den Kopf.

»Hat niemand mit Ihnen gesprochen?«

»Nur bei der Aufnahme, da habe ich Kittys Namen und Adresse und so gesagt.«

»Okay. Warten Sie hier! Ja? Ich erkundige mich.«

Die Frau tätschelt noch einmal Svens Schultern. »Wird schon alles gut werden«, murmelt sie.

Sven möchte lächeln, aber er ist zu müde.

Er lehnt den Kopf zurück und schließt die Augen. Als er sie wieder öffnet, steht der junge Mann vor ihm. Jetzt trägt er einen weißen Kittel und hat ein Stethoskop um den Hals geschlungen. Er sieht aus wie einer aus einem Ärztefilm. Davon gibt es im Fernsehen ja jede Menge.

»Ich habe mich erkundigt«, sagt der junge Doktor. »Es geht ihr den Umständen entsprechend. Sie hat viel Blut verloren. Sie ist noch nicht wieder bei Bewusstsein, aber sie wird durchkommen.« Er lächelt. »Kopf hoch!«

Sven richtet sich auf. Atmet tief durch. Er erhebt sich und bleibt linkisch vor dem Arzt stehen.

»Sie können nicht zu ihr«, sagt der Arzt. »Sie haben Ihre Freundin in die Psychiatrie verlegt.«

Sven reißt die schmerzenden Augen auf. »Was?«, flüstert er. »Wohin?«

»Jugendpsychiatrie, Professor Neugebauer«, sagt der junge Arzt. »Das ist im Südflügel. Da bekommt sie die richtige Betreuung.«

»Psychiatrie?« Sven versucht, sich zu konzentrieren. »Ist das die Abteilung für Verrückte?«
Der Arzt lächelt. Er schaut auf die Uhr.
»Aber Kitty ist doch nicht verrückt!«, ruft Sven. »Sie hatte bloß Angst!«
Der Arzt schiebt die Manschetten des Hemdes unter den Kittelärmel und massiert seine Handgelenke. »Wir schicken alle Suizidfälle nach der medizinischen Grundversorgung dorthin. Machen Sie sich keine Sorgen!«
Sven starrt den Arzt an. Das klingt wie ein Witz, denkt er. Aber er nickt. Er ergibt sich. Was soll er auch sonst tun.
»Und jetzt?«, fragt Sven.
»Jetzt gehen Sie am besten nach Hause und morgen können Sie ja mal anrufen auf der Psychiatrie. Da wird man Ihnen vielleicht Auskunft geben.« Ihm fällt plötzlich etwas ein. »Oder Sie rufen ihre Eltern an. Die Eltern sind sicher längst benachrichtigt. Sie werden Ihnen alles erzählen.«
»Die nicht«, sagt Sven, »die bestimmt nicht.«
Der Arzt lächelt. Er hat keine Zeit mehr, sich mit Sven abzugeben, das spürt Sven deutlich. Der Zeiger der Uhr ist jetzt bei halb sieben.
»Dann rufen Sie einfach an und fragen nach dem Vorzimmer von Professor Neugebauer und bitten um eine Auskunft, okay?«
Sven hebt die Schultern. Nichts ist okay, denkt er.
»Ich drück für Sie den Aufzug«, sagt der Arzt. »Sie sind ganz durcheinander, was? Na ja, kein Wunder. So was ist schlimm. Ich verstehe.«
Nein, denkt Sven, du verstehst nichts. Gar nichts.
Der Aufzug kommt, die Türen gehen auf. Ein Metallkasten

mit blinkend geputzten Wänden. Am liebsten würde Sven gar nicht einsteigen, aber der Arzt drückt ihn sanft in den Aufzug. »Sie müssen auf E drücken und dann rechts und gleich wieder links und Sie sind am Haupteingang.« Er lächelt. »Alles Gute.«

»Ihnen auch«, murmelt Sven. Die Fahrstuhltüren gehen lautlos zu. Sven drückt auf E und der Fahrstuhl bewegt sich nach unten.

12. Kapitel

Kitty will die Augen nicht aufmachen. Ihre Lider sind dick und geschwollen, wie mit Eiter verklebt. Sie ist immer noch so müde. Sie will schlafen. Sie will die Augen nicht aufmachen. Sie will, dass man sie in Ruhe lässt.
Aber jemand schlägt immer leicht mit den Fingern gegen ihre Wange und ruft: »Kitty? Kitty, kannst du mich hören?«
Eine weibliche, unbekannte Stimme.
Kitty reagiert nicht. Sie wendet den Kopf ab. Sie will die Arme vor das Gesicht halten, weil es grell ist hinter den geschlossenen Lidern, aber ihre Arme sind festgebunden. So kommt es ihr vor. Sie kann den Arm nicht anheben.
»Kitty, wenn du mich hörst, mach die Augen auf, ja? Oder sag etwas! Sag, wie du dich fühlst!«
Kitty will nicht. Ich kenne diese Frau nicht, denkt Kitty. Ich weiß nicht, wo ich bin. Es riecht hier anders.
Ungewohnt. Bevor die Frau kam, hat sie Geräusche gehört, die auch fremd waren. Sie wollte gerade über die Art der Geräusche nachdenken, als diese Frau kam, sie anfasste und immerzu ihren Namen rief.
»Gehen Sie weg!«, murmelt Kitty. »Ich will schlafen.«
Ihr Mund ist wie ausgetrocknet. Die Lippen geschwollen. Das Sprechen fällt ihr schwer. Es tut richtig weh, beim Sprechen den Kiefer zu bewegen.
»Oh! Schön! Du hast mich gehört!«
Die Stimme der Frau wird richtig munter. Kitty spürt eine

Hand auf der Stirn. Eine weiche, kühle Hand. »Du musst keine Angst mehr haben, Kitty«, sagt die Stimme. »Wir kümmern uns jetzt um dich. Wir passen auf dich auf. Du musst überhaupt keine Angst haben.«
Kitty hält es nicht mehr aus. Mit großer Anstrengung öffnet sie die Augen. Sie will sehen, wer diesen Unsinn redet. Wer das ist. »Ich habe keine Angst«, murmelt Kitty. Zwischen den geschwollenen Lidern, durch das feine Geflimmer ihrer Wimpern hindurch sieht sie ein Gesicht. Eine Frau mit schwarzen Augen und gezupften Augenbrauen, nur ein ganz feiner Strich ist über den Augen zu erkennen. Sie hat weiche Wangen, die ein bisschen hängen, und ihre gekräuselten Lippen sind rosafarben geschminkt. Die Haare sind an den Schläfen mit kleinen Hornkämmen zurückgesteckt, sehr streng. Schwarze Haare mit ein paar grauen Strähnen. Der Mund der Frau lächelt. Die Augen nicht. Die Augen blicken sehr aufmerksam. Forschend.
Kitty lässt ihren Blick vom Gesicht der Frau weiterwandern. Sie liegt in einem Zimmer, das sie noch nie gesehen hat. Die Wände sind hellgelb gestrichen. Ein Schrank an der Wand, hellbraun, mit zwei Türen. Daneben ein Waschbecken. Auf dem Waschbeckenrand liegt ein frisches Handtuch, zusammengefaltet. Darauf ein Waschlappen und ein Stück Seife. Die Seife ist hellgrün. An der Wand gegenüber vom Bett hängt ein Bild. Eine Landschaft. Ein Bergsee. Oder etwas Ähnliches, bei Sonnenaufgang. Im Vordergrund Blumen. Wie kitschig, denkt Kitty.
Dann wandern ihre Augen weiter zum Fenster. Ein hohes Fenster. Geschlossen. Nur die obere halbrunde Klappe ist offen.

Kitty sieht einen blattlosen Baum, wenn sie durch das Fenster schaut. Schwarze Vögel, die in dem Baum hin und her hüpfen. Und sie sieht ein Gitter. Schwarzes Eisengitter.
Sie schließt wieder die Augen. »Wo bin ich?«, fragt sie.
»Im Krankenhaus, Schätzchen«, sagt die Frau. »Du bist im Johanniter-Krankenhaus. Auf der Station von Professor Neugebauer. Es ist die beste Station im ganzen Krankenhaus. Das weißt du natürlich nicht, aber das wirst du noch merken. Alle sind gerne hier. Die Ärzte, die Schwestern, die Pfleger. Wir alle möchten dir helfen.«
Die Hand legt sich wieder auf ihre Stirn. Sie ist jetzt nicht mehr ganz so kühl. »Sagst du mir, wie du dich jetzt fühlst?«
»Ich weiß nicht«, murmelt Kitty. »Müde. Ich möchte schlafen.
»Du schläfst jetzt seit genau vierundzwanzig Stunden. Ich habe hier eine Schnabeltasse, Schätzchen. Mit einer sehr heißen, leckeren Brühe.«
»Ich will nichts«, murmelt Kitty.
Die Ärztin reicht ihr die Tasse mit der Brühe. Der Geruch von Hühnerbrühe kitzelt ihre Nasenwände. Sie zittert mit den Nasenflügeln.
»Riecht das gut?«, fragt die Frau. »Du musst etwas essen, damit du zu Kräften kommst.«
»Und wenn ich nicht zu Kräften kommen will?« Kitty öffnet die Augen einen Spalt.
Die Frau trägt einen weißen Kittel mit silbernen Knöpfen und Stehkragen. Darunter eine hellblau-weiß gestreifte Bluse. Unter dem Blusenkragen schaut eine feine Goldkette

heraus, an der ein Amulett baumelt. Kitty konzentriert sich lieber auf das Amulett, um der Frau nicht in die Augen sehen zu müssen.

Das ist also eine Ärztin, denkt sie. Und ich bin im Krankenhaus. Aber warum?

»Ich bin hier die Oberärztin«, sagt die Frau, als könne sie Gedanken lesen. »Ich heiße Heidi Goessel.« Sie streichelt wieder Kittys Gesicht. »Du wirst sehen, alles wird gut.«

Kitty will die Oberärztin wegschieben, aber wieder kann sie den Arm nicht bewegen. »Was ist mit meiner Hand?«, fragt sie.

»Die haben wir eingebunden, Herzchen«, sagt die Ärztin. »Die muss jetzt erst einmal zur Ruhe kommen.«

»Wieso zur Ruhe?«

»Weißt du nicht, was passiert ist?«

Kitty wendet den Kopf weg und schweigt.

»Du kannst dich an gar nichts erinnern?«, fragt die Ärztin.

Kitty sagt nichts. Sie hört Geräusche, die vom Flur kommen, männliche Stimmen, das Scheppern von Geschirr.

Die Ärztin atmet tief durch. »Essenszeit«, sagt sie. »Hast du Hunger? Soll ich dir sonst noch etwas bringen lassen?«

»Nein«, murmelt Kitty. »Ich will nichts.«

»Nachher schicke ich jemanden, wenn du noch etwas trinken willst . . . möchtest du nicht doch jetzt etwas Suppe?«

Kitty hat plötzlich einen unheimlichen Heißhunger auf Hühnersuppe. Sie stellt sich den Geschmack vor. Der Geruch ist in ihrer Nase, breitet sich in ihren Schleimhäuten aus. Sie denkt an Hühnersuppe, an Gemüse, klein ge-

hackt, frische Petersilie. Eine Bouillon. Heiß und stark ...
Aber sie schüttelt den Kopf. »Ich will nichts.«
»Gut.« Die Ärztin erhebt sich, Kitty hört das Rascheln des steifen Kittels. »Du musst ja jetzt auch nichts trinken. Ich nehme die Suppe wieder mit, nachher bringen wir dir etwas anderes.«
Sie geht zur Tür. Kitty atmet auf. Endlich allein, denkt sie.
Aber die Ärztin dreht sich noch einmal um. »Übrigens. Wir haben deine Arme sehr fest eingebunden. Es hat keinen Zweck zu versuchen, das aufzubinden. Das wird nicht gehen. Wir haben da unsere Tricks.«
Kitty öffnet die Augen. Sie schaut die Ärztin an. Eine Frau. Vielleicht vierzig Jahre alt, vielleicht dreißig. (Kitty ist nicht gut im Schätzen vom Alter Erwachsener.) »Ich bin müde«, murmelt sie.
Die Ärztin lächelt. Sie öffnet die Tür und für einen Augenblick sieht Kitty, wie ein Mädchen vorbeihuscht, angezogen. Jeans, ein enger, taillenkurzer Rippenpulli, Pferdeschwanz. Dann ist das Mädchen vorbei, die Oberärztin hat das Zimmer verlassen und die Tür schließt sich.
Kitty dreht den Kopf zur anderen Seite. Sie betrachtet das Fenster. Die Gitter. Aus Eisen. Alle zehn Zentimeter eine Eisenstange.
Wo bin ich hier?, denkt Kitty.

13. Kapitel

»Diese Station«, sagt der freundliche, sanfte Mann, der an ihrem Bett steht, »ist die Jugendpsychiatrie. Davon hast du schon mal gehört?«

Kitty sitzt in ihrem Bett, sie hat das Kopfteil hochgedreht und sich die Kissen in den Nacken gestopft, sodass sie fast aufrecht sitzt. Jemand hat ihr die Haare gekämmt und ihr Gesicht gewaschen. Mit einer gut riechenden Seife und nachher abgetrocknet und eingecremt. Ihre Hände sind immer noch bandagiert. Sie kann mit ihren Händen gar nichts machen. Wenn es sie an der Stirn juckt, muss sie eine Schwester rufen. Wenn sie pinkeln muss, wenn sie Durst hat . . . immer eine Schwester rufen. Oder einen Pfleger.

»Die Jugendpsychiatrie«, sagt der Arzt, der an ihrem Bett steht, »ist eigentlich ein wundervoller Ort. Für Menschen, die Ruhe brauchen, weißt du. Die sich erst sammeln müssen, finden müssen. Ich denke mal«, er lächelt ihr zu, »du wirst das selbst bald merken. Ich bin ganz sicher.« Er kommt um das Bett herum. Steht jetzt sehr nah an ihrem Kopfende. Kitty zwinkert mit den Augen, aus Verlegenheit. Hinten am Fußende steht die Oberärztin.

»Tun die Arme noch weh?«, er hebt ihren Arm. Der Verband ist dick und schwer. Kitty schüttelt den Kopf.

»Gut. Dann werden wir mal sehen, wie es darunter ausschaut. Wer weiß, vielleicht können die Dinger ja ganz ab.«

Kitty lehnt sich zurück. Sie streckt die Hand aus und überlässt der Schwester die Arbeit. Die Schwester ist jung, eifrig und ein bisschen gestresst. Ihre Sommersprossen leuchten. Sie hat sehr krauses Haar, das sie mit einem Haarreifen aus dem Gesicht schiebt. Kitty weiß, dass die Schwester Rita heißt. Sie hat mit Rita noch kein einziges Wort gewechselt. Rita hat sich vorgestellt, so wie alle anderen auch, Kitty hat nichts gesagt. Kitty ist die große Schweigerin auf der Station, seit drei Tagen ist sie nun hier, hat Hühnersuppe getrunken und ist, geführt von Rita, aufs Klo gegangen, hat sich waschen lassen und den Hintern abputzen und war jedes Mal heilfroh, wenn sie wieder in ihrem Bett lag. Stumm und reglos.

Rita wickelt die Binden ab. Am rechten Handgelenk.

Der freundliche Mann mit dem kurz gestutzten grauen Bart betrachtet irgendein Blatt, das die Oberärztin ihm reicht, und murmelt etwas, das Kitty nicht versteht, die Oberärztin sagt etwas, wieder halb laut, wirft Kitty einen Blick zu. Kitty kann sich nicht bewegen, Rita wickelt ihren Arm aus. So viele Binden, so viele Meter Baumwolle, dann kommt der Mullverband. Als Kitty hinschaut, sieht sie das Blut. Blutverkrustet die Mullbinde. Bei jeder Umdrehung reißt die Kruste etwas auf.

»Nass«, der Arzt beugt sich über den Arm. »Wie sieht es aus, Schwester Rita?«

»Ich weiß nicht«, sagt die Schwester unsicher, »noch kein richtiges Narbengewebe.«

»Na dann wollen wir mal sehen.« Der Arzt schiebt sie zur Seite, macht selber weiter. Sehr sanft, behutsam, vorsichtig. Kitty schaut nicht hin.

Die Oberärztin steht am Fußende und schreibt etwas in das Krankenblatt. Das Fenster ist geöffnet. Eine kalte Luft kommt herein. Der Chefarzt verlangt, dass man immer die Fenster öffnet, wenn er Visite macht. Er hat lieber frische Luft als den Geruch der Kranken. Außerdem ist frische Luft gesund.
»Da schau!«, sagt der Chefarzt. »So sieht das jetzt aus.«
Kitty bewegt ihre Augen sehr langsam vom Fensterviereck weg zu ihrem Arm hin. Alles geschwollen. Alles verkrustet. Zickzack-Schnitte am Handgelenk. Geschwollen. Blau, gelb. Keiner schöner Anblick.
»Das war dein Werk«, sagt der Arzt.
Und drum herum ist die Haut ganz grün. So eine Haut hatte sie einmal in einem Horrorfilm gesehen.
»Das war nicht nötig gewesen, was?«
Der Chefarzt lächelt. Kitty weiß jetzt, dass es Professor Neugebauer ist, weil die Ärztin ihn so angeredet hat. Professor Neugebauer lächelt. »Sieht scheußlich aus, was?«
Kitty kann nicht hinschauen.
»Warum tut der Mensch so was?«, fragt der Professor.
Kitty sagt nichts. Schaut wieder aus dem Fenster.
»Wir sind keine Zauberer«, sagt der Professor, »ganz wird die Narbe nie verschwinden. Eine dünne rote Linie wird bleiben.«
»Dann kann sie ja ein Armband drübertragen«, sagt die Schwester.
Kitty wirft ihr einen trotzigen Blick zu. »Vielleicht will ich aber kein Armband tragen.«
Der Professor zupft mit der Pinzette an der Wunde herum.

Das tut weh, nicht sehr, aber Kitty treten trotzdem die Tränen in die Augen, sie weiß nicht, warum.
»Tut es sehr weh?«, fragt der Professor.
Kitty schüttelt den Kopf. »Nicht sehr.«
»Brav«, sagt der Professor. »Das musst du jetzt aushalten. Das ist nicht halb so schmerzhaft wie das, was du dir angetan hast. Warum? Warum musste das sein?«
Kitty schweigt. Auch wenn der Professor sie noch so eindringlich ansieht. Noch so verständnisvoll.
Die Ärztin räumt etwas am Waschbecken herum.
Rita sammelt die gebrauchten Mullbinden auf, legt sie in eine Schale und verschwindet damit aus dem Zimmer. Es riecht nach Blut, nach trockenem und nach frischem Blut. Kitty wird übel, wenn sie Blut riecht. Früher wurde sie immer ohnmächtig.
»Du willst mir nicht sagen, warum du das gemacht hast?«, fragt der Professor. Er fragt es sehr freundlich, leise, warm. Er schaut sie an. So lange, bis Kitty seine Blicke erwidert. Er hat die sanftesten Augen der Welt. Hellblau. Seine Augenbrauen sind buschig und grau, ein bisschen gestutzt. Er hat Lachfältchen an den Augen. Er lächelt sie an. So hat keiner sie je angelächelt.
Kitty schaut immer in seine Augen. Sie saugt sich an ihnen fest. »Ich weiß es nicht«, sagt sie. »Ich hab's vergessen.«
»Das sagen immer alle.« Der Professor lächelt. »Wenn es vorbei ist, wissen sie nicht mehr, warum sie sterben wollten. Es geht jetzt darum, dass es nie wieder so weit kommt, verstehst du? Daran müssen wir arbeiten. Du und ich und alle hier.« Er drückt die Fingerkuppen gegen ihren

Hals, um ihren Puls zu messen, an den Handgelenken kann er ihn nicht messen. Er schaut ihr in die Augen. »Übrigens: Deine Eltern waren gestern da.«

Kitty erschrickt. Der Professor hat seine Finger immer noch gegen den Hals gelegt. »Sie wollten wissen, was gewesen ist. Und wie es dir geht.«

Kitty fährt mit der Zunge über die Lippen. Ihre Lippen sind rissig. Schmerzhaft. »Was . . . was haben Sie gesagt?«, wispert sie unter Schmerzen.

Der Professor lächelt. »Ich habe gesagt, dass es dir nicht gut geht. Dass du als Notfall eingeliefert worden bist und dass wir dich erst einmal zur Ruhe bringen müssen, bevor sie mit dir reden können. Dass du sterben wolltest, hab ich noch nicht gesagt. Ich wollte erst mit dir reden. War das in deinem Sinne?«

Kitty nickt. Sie kann nicht sprechen. Sie denkt an ihre Mutter, in der Uniform, an ihren Vater, in einer anderen Uniform. Glänzende Stiefel. Der Atem ihres Vaters hat immer nach Fishermen's Friends gerochen. Herb und scharf.

Ihre Mutter hatte gut gerochen, nach einem Blütenduft und nach Waschmittel. Kitty wird ganz schwindelig, wenn sie sich nur den Geruch vorstellt.

»Ich habe deinen Eltern erklärt, dass du in den nächsten vier Wochen niemanden sehen darfst. Nur uns natürlich. Wir sind deine neue Familie. Wenn du willst, natürlich nur. Wenn du nicht willst, ist es auch gut. Dann sind wir ein normales Krankenhaus, in dem du es aushalten musst, bis du wieder gesund bist und wir dich in die Welt entlassen können.«

Kitty räuspert sich, ihre Kehle brennt, die Lippen. »Und was ist mit Sven?«
Der Professor wendet sich an die Oberärztin, die gerade den Staub auf dem Regal kontrolliert. »Wer ist Sven?«
Die Oberärztin wendet sich um. »Das ist der junge Mann, der Kitty hier eingeliefert hat.«
»Ah, verstehe. Sven hat dich hier eingeliefert. Sven ist dein Freund?«
Er fragt es so, als sei das nicht sicher. Kitty überlegt, was Sven gesagt hat. Sie versucht zu begreifen, was passiert ist. Aber sie versteht es nicht. Sie kann sich an nichts erinnern. Der Professor sprüht etwas auf ihre Wunde, das beißt. Kitty presst die Lider zusammen.
»Gleich vorbei«, murmelt der Professor, dann nimmt er eine neue Mullbinde und wickelt sie um das Handgelenk.
»Also ist Sven nicht dein Freund?«
»Weiß nicht«, murmelt Kitty, den Kopf weggedreht.
»Du weißt das nicht?« Der Professor lächelt. Er wickelt die Mullbinde um Kittys Handgelenk. Das Blut ist getrocknet. Es ist angenehm, diese neue Binde zu bekommen. Kitty streckt ihre Hand ganz entspannt auf der Bettdecke aus.
»Wieso weißt du das nicht?«, fragt der Professor.
»Herr Professor«, fragt die Oberärztin, als ihr Handy piepst, »darf ich einen Augenblick . . .?« Sie deutet auf die Tür.
»Na los«, sagt der Professor.
Die Oberärztin verschwindet. Jetzt ist Kitty allein mit dem Professor. Er lächelt immer noch. Er macht eine Schleife aus dem Rest der Mullbinde. »So«, sagt er, »das wär's für dieses Mal. Wie oft hast du das schon gemacht?«

»Was?«, fragt Kitty.
»Versucht, dir das Leben zu nehmen.«
»Ich weiß nicht«, murmelt Kitty.
»Das glaube ich dir nicht«, sagt der Professor, »das wissen sie alle immer ganz genau. Also wie oft?«
»Dreimal«, flüstert Kitty.
»Oh«, erschrocken presst die Schwester ihre Hand gegen den Mund.
Der Professor wirft ihr einen vorwurfsvollen Blick zu und sie verschwindet lautlos aus dem Krankenzimmer.
»Dreimal?«, wiederholt der Professor sanft.
Kitty nickt. Sie wendet den Kopf ab. Tränen laufen über ihr Gesicht. Auf einmal ist es ihr, als würde eine Welle von Selbstmitleid sie einfach wegschwemmen, wie Strandgut, das man am Ufer zurücklässt. Sie fühlt sich hilflos, ein Bündel Haut und Knochen, so sinnlos ihr Leben, so traurig und ohne Hoffnung.
Sie fährt verlegen mit der Hand über die Augen. Aber der Professor drückt ihren Arm sanft herunter. »Tränen sind gut«, sagt er leise, »Tränen müssen sein. Weine es nur heraus, Kitty. Das ist gut.«
Kitty muss daran denken, wie sie das erste Mal versucht hat, sich umzubringen. Wie sie auf der Brücke gestanden ist über den Eisenbahngleisen. Eine Eisenbrücke. Es war Winter gewesen und das Eisen so kalt, dass sie Angst hatte, ihre Finger würden am Geländer festfrieren.
Sie hat die Lichter der Lokomotive auf sich zukommen sehen. Ganz langsam. Hat gesehen, wie die Signale umgesprungen sind und wie die Lichter von Grün auf Rot geschaltet wurden, damit der Zug über die Brücke freie

Durchfahrt hat. Wie er über die Weichen gerumpelt ist. Fast im Zeitlupentempo ist der Zug auf sie zugekommen. Die Scheinwerfer haben den eisigen Nebel durchschnitten, als wenn sie Glas schneiden. Der Wind hat gegen ihre Stirn geblasen. Sie hatte die Mütze schon weggeworfen, die Handschuhe. Den Schal hatte sie vom Hals gezerrt und auch hinunterfallen lassen. Hat zugeschaut, wie ihre Sachen auf die Gleise hinunterfielen, langsam, weil sie leicht waren und der Wind sie immer wieder erfasst hat. Wie sie auf den schmutzigen Schneeresten auf den Eisenbahnschwellen liegen geblieben waren. So liege ich da auch gleich, hatte sie gedacht. Und der Zug ist immer näher gekommen.

Und dann ist sie geklettert. Ein Fuß auf den Eisentritt, den anderen zwischen den Stangen. Sie hat sich mit den Händen hochgehangelt an den Eisenpfosten. Der Zug war ganz nah. Auf einmal hat sie gehört, wie jemand geschrien hat. Und ein Hund hat gebellt. Wie verrückt. Und dann ist ein greller Lichtstrahl auf sie gefallen und sie musste die Augen schließen, weil es so geblendet hat. Jemand hat geschrien: »Da ist doch jemand? Schaut euch das an!«

Und dann waren da andere Stimmen und schwankende Lichter. Und sie ist wieder heruntergesprungen auf die Brücke. Und gelaufen. Ohne Mütze, ohne Schal, ohne Handschuhe. Bis zum Ende der Brücke. Wo der schmale Weg ist, auf dem sie im Sommer immer mit dem Fahrrad gefahren war, mit ihren Eltern. Als sie noch klein war. Als Sommer war. Und überall Blumen blühten. Gänseblümchen und Margeriten und Sauerampfer und Disteln. Damals, als sie dachte, dass die Welt schön ist . . .

»Willst du es mir nicht erzählen?«, fragt der Professor leise. Er streichelt ihren Kopf, ihre Haare. Die Stirn.
Kitty hat den Kopf abgewandt. »Ich wollte von der Brücke springen«, flüstert sie. Sie spricht so leise, dass der Professor nichts verstehen kann. Sie schluchzt. Sie möchte sich verkriechen, in irgendwelche Arme sinken, gehalten werden, beschützt.
Das war im letzten Herbst gewesen, als sie wegen der Sechs in Mathe so verzweifelt war und sich nicht nach Hause getraut hatte. Die Tränen laufen über ihr Gesicht, sie kann nichts dagegen tun. Sie laufen einfach herunter und alles ist nass. Das Kopfkissen, die Decke, alles.
»Einmal«, flüstert Kitty, »hab ich versucht zu ertrinken. Aber das geht nicht, ich kann ja schwimmen.«
Im Ostseeurlaub im letzten Sommer, als sie alle so viel Spaß miteinander gehabt haben. Ganz urplötzlich wollte sie wissen, wie es ist, wenn man tot ist. Das war so eine fixe Idee. Abends, wenn sie mit ihren Eltern Monopoly oder Trivial Persuit spielte, stellte sie sich vor, tue ich es. Morgen. Morgen früh, wenn sie noch schlafen, gehe ich ans Meer. Ziehe den Trainingsanzug aus, aber behalte den Badeanzug an. Den roten Badeanzug. Das muss gut aussehen, wenn eine weiße Leiche mit einem roten Badeanzug auf den Wellen treibt. Und die Haare im Wasser fließen wie Gold.
Schön muss das sein. Ich gehe einfach immer weiter, immer weiter, bis das Wasser bis zur Brust steht, bis zum Kinn, bis zum Mund. Immer weiter. Bis es über meinem Kopf zusammenschlägt. Bis es in meine Lungen dringt, in die Ohren, die Nase, überall rein.

Und dann bin ich tot und treibe auf dem Wasser und die Sonne geht auf und meine Eltern zählen die Kaffeelöffel Filterkaffee ab und stellen die Eieruhr und wissen nicht, dass ihr Kind da draußen im Wasser treibt . . .

»Ich wollte es nicht«, flüstert Kitty, »aber ich hab einfach angefangen, zu kraulen und zu strampeln, bis man wieder nach oben kommt und Luft holen kann.«

»Ja«, sagt der Professor, »das ist der Reflex, den der Mensch hat: dass er Luft holen will, das Atmen. Der Mensch will leben, verstehst du?«

»Aber wenn man nicht leben will.« Kitty hebt die Schultern. »Was dann?«

»Der Wunsch zu sterben«, sagt der Professor, »der überkommt einen Menschen manchmal. Aber der dauert immer nur einen Augenblick. Sekunden, Minuten, vielleicht auch eine Stunde, eine Nacht. Aber dann ist er verschwunden. Wie nie gewesen. Wenn man aber genau in dieser Stunde, in der man den Todeswunsch hat, versucht, dem Leben ein Ende zu machen, dann . . .« Er hebt die Schultern und lächelt. »Wer tot ist, wird nicht wieder lebendig.«

»Aber wer lebendig ist«, sagt Kitty, »Muss immer mit dieser blöden, verdammten Angst leben. Das ist schlimmer als der Tod . . .«

»Angst? Was für eine Angst?«, fragt der Professor. Er beugt sich vor. Sie spürt seinen eindringlichen, forschenden Blick.

»Ich weiß nicht. Eben Angst. Einfach Angst.«

»Du kannst das nicht näher erklären?«

»Nein«, sagt Kitty und presst die Lippen zusammen. Sie

wird jetzt schweigen. Überhaupt nichts mehr sagen. Gar nichts.

Der Professor steht auf. »Du kannst übrigens aufstehen, wenn du magst. Du musst dich nicht hier in deinem Bett verkriechen. Da draußen im Flur gibt es jede Menge fröhlicher, junger Leute, die darauf brennen, dich kennenzulernen. Wir sind hier eine gute Gemeinschaft. Alle haben Probleme. Deshalb sind sie hier. Aber gemeinsam können wir sie lösen. Ab sofort kannst du im Essraum mit den anderen essen. Ich schicke Sharon vorbei, die wird dich mit den anderen bekannt machen.« Er lacht. »Pass auf! Es dauert keine zwei Wochen, das wette ich, dann fühlst du dich so wohl, dass du hier gar nicht wieder wegwillst.«

Er lächelt Kitty zu und geht zur Tür.

Kitty holt tief Luft. Laut sagt sie: »Ich will aber wieder weg.«

Der Professor dreht sich um. »Natürlich. Irgendwann kannst du auch wieder gehen. Irgendwann brauchen wir den Platz, den du jetzt einnimmst, für einen anderen Menschen. Irgendwann geht es dir so gut, dass du wieder gehen kannst. Und wir sagen Tschüss und wünschen dir alles Gute.«

»Ich will aber jetzt weg«, sagt Kitty. Ihre Stimme ist auf einmal laut. Sehr eindringlich.

Der Professor kommt zu ihr zurück. Er steckt die Hände in die Hosentaschen. Er lehnt sich an das Fußende des Bettes.

»Ich weiß, was du denkst«, sagt er. »Aber so ist es nicht. Es ist anders. Es ist gut hier. Wir sind nur hier, um aus dir einen glücklichen Menschen zu machen. Und wir meinen das ernst. Alle, die hier sind.« Er wirft einen Blick zum Fenster. »Die Gitter hast du natürlich längst bemerkt.«

Kitty nickt.

»Denk dir nichts dabei!«

Kitty lächelt grimmig. Das ist leicht gesagt, denkt sie. Wenn ich hier Professor wäre, würde ich auch solchen Scheiß rumerzählen. Rumsülzen.

»Nach einer Weile«, sagt der Professor, »merkst du gar nicht mehr, dass hier die Türen abgeschlossen werden. Weil du dich hier wohlfühlst. Sicher und behütet. Wir beschützen dich vor der Welt, verstehst du? Die Leute haben das immer falsch verstanden. Sie haben immer gedacht, in der Psychiatrie sind die Menschen, vor denen man die anderen, die sogenannten Gesunden beschützen muss. In den meisten Fällen ist es aber genau umgekehrt. Wir beschützen die Kinder und Jugendlichen, die uns anvertraut werden, vor der Welt, vor dem Chaos.« Er hebt die Schultern. »Ich rede zu viel, ich weiß. Aber du hast ja Zeit, das alles sacken zu lassen. Gleich kommt Sharon. Sie wird dir gefallen.«

Die Tür fällt hinter ihm zu.

14. Kapitel

»Hallo«, sagt Sharon. »Ich bin Sharon.«
Sie steht noch in der Tür, aber sie lacht schon und streckt die Hand nach Kitty aus. Kitty hat ihre Arme unter der Bettdecke versteckt. Unter der Bettdecke kann sie unbemerkt an der Mullbinde herumfummeln, sie wegschieben, die Wunden aufkratzen.
Zweimal war Rita da, hat verlangt, dass Kitty die Arme auf das Bett legt, hat gesehen, dass der Verband verrutscht war, und die Oberärztin gerufen.
Die Oberärztin hat nicht geschimpft, aber sie hat irgendwie bekümmert ausgesehen. »Wenn du das machst«, hat sie gesagt, »kann die Wunde nie heilen.«
»Wer sagt denn, dass ich das will?«, hat Kitty erwidert. Das war der erste lange Satz, den sie gesprochen hat, seit sie in die Psychiatrie gekommen ist.
Rita hat gesagt, sie könne aufstehen, sich anziehen. Ihre Sachen hängen im Schrank.
Aber Kitty bewegt sich nicht. Sie trinkt so wenig wie möglich, damit sie nicht aufs Klo muss. Sie will erst aufs Klo, wenn alle schlafen.
Wenn es Nacht ist. Aber jetzt ist es draußen nicht einmal richtig dunkel. Sie hat keine Ahnung, wie spät es ist.
Ihre Uhr ist nicht da. Vielleicht liegt sie in der Schublade des Nachtkastens, Kitty hat nicht nachgeschaut.
Sie will denen nicht das Gefühl geben, dass sie sich für ir-

gendetwas interessiert. Sie starrt gegen die Zimmerdecke und schweigt, wenn jemand ins Zimmer kommt.
Seit Rita ihre Mullbinde immerzu kontrolliert, versteckt sie die Arme unter der Bettdecke. Die Wunde juckt. Das kommt vom Heilungsprozess, hat die Oberärztin ihr erklärt. Das ist Kitty egal.
Sie überlegt, welcher Tag heute ist. Sie fragt sich, wieso Sven nicht kommt. Wieso nie einer anruft und nach ihr fragt.
Sie fragt sich, ob es auf der Station ein Telefon gibt.
Sie muss das herausfinden. Bis gestern hat sie am Tropf gehangen und ihre Arme waren fest bandagiert. Da konnte sie sich nicht bewegen. Eine Suppe hat sie aus der Schnabeltasse getrunken und jetzt soll sie sogar aufstehen. Aber nicht, wenn draußen andere Patienten herumlaufen und sie anstarren. Kitty will nicht, dass man sie anstarrt, wenn sie plötzlich aus dem Zimmer kommt. Bestimmt redet man über sie. Lacht über sie. Wie in der Schule. Sie weiß es genau.
Kitty hat draußen auf dem Flur schon Gelächter gehört, genau vor ihrer Tür. Möglich, dass sie sich schon Geschichten erzählen. Die ist so doof, die kann sich nicht mal richtig die Pulsadern aufschneiden.
Irgend so was. Sie will den anderen nicht begegnen. Vielleicht sind die ja verrückt. Richtig verrückt. Kitty überlegt, was sie jemals über Jugendpsychiatrie gehört hat. So gut wie gar nichts. Eigentlich wirklich überhaupt nichts.
Jetzt weiß sie auch nicht mehr. Nur, dass die Fenster vergittert sind. Schon mal schlecht. Wie soll sie abhauen, wenn sie nicht einmal aus dem Fenster klettern kann? Sie

muss das alles herausfinden, heute Nacht. Wenn die anderen schlafen. Dann ist es so still, dass man denkt, man ist tot. Vollkommen still.

Dann liegt Kitty in ihrem Bett, kratzt an den Verbänden und spürt, wie die Angst wiederkommt. Wie es schmerzt in der Brust und hinter den Augen. Das Brennen fängt wieder an. Sie könnte jemanden rufen. Die Oberärztin hat gesagt, sie soll einfach klingeln und dann ist jemand bei ihr. Aber das will sie nicht. Sie will mit niemandem über ihre Angst sprechen. Dann stellt derjenige Fragen und sie kann nicht antworten.

Wieso ruft Sven nicht an?

Wieso kommt er nicht?

Ob ihm jemand verboten hat zu kommen? Oder anzurufen?

Wieso schickt er nicht eine kleine Nachricht?

Oder ist das auch verboten, in der Psychiatrie, dass man einen Brief bekommt?

Sharon geht ans Fenster, legt die Hände auf die Rippen der Heizung und sagt: »Puh, ist das heiß hier. Soll ich das nicht ein bisschen aufmachen? Findest du es nicht unheimlich heiß hier?«

Kitty hebt die Schultern. Sie hat darüber noch nicht nachgedacht.

»Also, wenn es dir nichts ausmacht, dann lass ich einfach mal ein bisschen frische Luft rein.« Sharon öffnet den rechten Fensterflügel. Kitty sieht, dass sie rot lackierte Fingernägel hat. Sharon trägt einen weißen Kittel und unter dem Kittel Jeans. Und Turnschuhe von Nike. Von hinten sieht sie ziemlich breit aus. Fast unförmig. Dass es

Jeans auch in solchen Größen gibt, denkt Kitty. Und dann denkt sie: Wenn ich so dick wäre, würde ich keine Jeans tragen.

Sharon dreht sich um. Sie breitet die Arme aus und lacht. »Tief einatmen und ausatmen«, sagt sie fröhlich, »das hat meine Mutter immer gesagt. Hat deine Mutter auch so einen Spruch drauf?« Sie kommt an Kittys Bett. Kitty wendet den Blick ab. Sie hasst es, dass man sie hier immer so fixiert. Immer direkt in die Augen schaut. Ihre Eltern sehen ihr selten ins Gesicht. Am Tisch hat man immer die Augen auf den Teller gerichtet und nach dem Essen starrt man auf den Bildschirm. Es ist lang her, dass Kitty das gemütlich fand. Und wenn man Gute Nacht sagt, schmatzt man höchstens so einem imaginären Kuss in den Raum. Wenn überhaupt.

Sven hat ihr auch nicht in die Augen geschaut. Aber er hat sie in den Arm genommen und seine Wange an ihre gelehnt oder sie hat ihr Gesicht an seinem Hals vergraben, das war auch schön. Und seinen warmen Körpergeruch eingeatmet. So eine komische Mischung aus Jungenschweiß und dem Waschmittel, mit dem er seine T-Shirts wäscht. Und ein bisschen Tabak. Süßlicher Tabak. Hat ihr gefallen. An seiner Schulter könnte sie es ewig aushalten.

»Du weißt, wer ich bin?«, fragt Sharon.

Scheiße, denkt Kitty, wieso reißen die einen immer aus den schönsten Gedanken? Wenn man schon mal an etwas Nettes denkt, quatscht einem irgendeiner rein. Kitty schüttelt den Kopf.

»Ich bin hier der Pausenclown«, sagt Sharon fröhlich. »Ich versuche, die Bande bei Laune zu halten. Mit Musik und

so. Wir haben unten im Keller Räume, ein Atelier zum Malen und Töpfern und einen Musikraum. Wir machen Musik zusammen, probieren Instrumente aus, von denen du garantiert noch nichts gehört hast. Wir arbeiten mit Trommeln und Kastagnetten. Macht richtig Spaß. Frag die anderen! Hast du in der Schule Musik gerne gemocht?«
Kitty schüttelt den Kopf.
»Na ja, die meisten finden Musik in der Schule langweilig. Bis auf die wirklich Begabten, aber die sind dann im Chor oder im Schulorchester. Hast du mal ein Instrument versucht? Flöte oder Klavier oder Geige? Gitarre?«
»Musik interessiert mich nicht«, sagt Kitty.
Sharon atmet tief durch, nickt. Sie presst ihre Hände zwischen die dicken Knie, die in den Jeans stecken. »Okay«, sagt sie fröhlich, »macht ja nichts. Vielleicht hast du Lust zu malen. Wir müssen ja nichts überstürzen. Wir haben ja alle Zeit der Welt.«
Kitty richtet sich auf. Zum ersten Mal schaut sie Sharon an. Sharon hat ein rundes, fröhliches Gesicht, die blauen Augen liegen in rosigen Fettpölsterchen. An den Ohrläppchen baumeln lange Ohrgehänge, zwei bunte Papageien auf einer goldenen Schaukel.
»Was heißt das, alle Zeit der Welt?«
»Na, du wirst schon ein bisschen Geduld aufbringen müssen, nehme ich mal an. In diese Abteilung wird man nicht eingeliefert wie für eine Blinddarmoperation. Das dauert alles länger hier. Nerven funktionieren anders als Knochen, zum Beispiel.« Sharon lacht. »Du merkst schon, ich habe von Medizin keine Ahnung.«
Dann halt doch den Mund, denkt Kitty. Sie starrt auf das

offene Fenster. Ein Vogel sitzt auf dem Gitter, ein kleiner Spatz. Er starrt ins Zimmer. Er starrt herein, den Kopf schief gelegt. Aber plötzlich ist er weg. So schnell, dass Kitty sich fragt, ob er überhaupt Zeit hatte, seine Flügel auseinanderzufalten. Ob er nicht einfach abgestürzt ist. Sie stellt sich einen kleinen Vogel vor, der tot unter ihrem Fenster liegt. Im Herbst hat sie einmal einen toten Vogel gesehen, im Rinnstein, der Bauch ganz aufgeplatzt. Sie will nicht daran denken. Der Vogel war fast schon verwest. Von Maden zerfressen. Oder Ameisen.

Fast schon so verwest wie die welken Blätter im Rinnstein.

»Kann man hier auch telefonieren?«, fragt Kitty.

»Oh ja, ich denke schon. Hier schon. Hier darf man nur mit Erlaubnis telefonieren. Jedenfalls zuerst. Bis die ersten Dinge geklärt sind.«

»Was denn für Dinge?«, fragt Kitty gereizt. Sie spürt, dass sie langsam wütend wird. Unter der Decke kratzt sie an ihrer Wunde herum. Sie merkt, dass Sharon auf ihre Decke starrt, aber es ist ihr egal.

»Na ja. Du wirst erst einmal Einzelgespräche mit der Oberärztin haben, das ist hier so üblich. Oder mit dem Professor. Kommt drauf an, wie interessant dein Fall ist. Das unter uns.« Sharon zwinkert ihr zu.

Mein Fall, denkt Kitty bitter. Ich bin ein Fall. Na toll.

»Aber ich muss dringend telefonieren«, sagt Kitty. Ihre Stimme hat sich jetzt verändert. Bisher hat sie sich bemüht möglichst gleichgültig zu klingen. Jetzt ist ihr Ton in vorsichtiges Abtasten übergegangen, fast flehentlich. »Es ist wirklich wichtig.«

»Das glaube ich dir sogar.« Sharon zieht, bevor Kitty darauf regieren kann, mit einem Ruck ihre Decke weg. Sie starrt auf Kittys Arme. »Ich hab's geahnt«, ruft sie.
Auch Kitty schaut jetzt auf ihre Arme. Sie sieht, dass die Mullbinden voller Blut sind. Auch auf ihrem Nachthemd ist Blut, an der Decke. Sharon springt auf und läuft zur Tür. »Rita«, ruft sie in den Flur, »ist die Oberärztin noch da? Kann sie bitte mal in Zimmer zehn kommen?«
Kitty weiß nicht, was sie mit den blutenden Armen machen soll. Sie hält die Arme hoch. Sie will ja nicht alles versauen hier. Das war nicht ihre Absicht. Es ist ihr ein bisschen peinlich, dass jetzt überall Blut ist. Aber auch wieder nicht richtig peinlich, nur ein bisschen. Sie hält einfach die Arme hoch und fragt: »Und was jetzt?«
»Gleich kommt jemand.« Sharon beißt sich auf die Unterlippe. Sie lächelt nicht mehr. Sie sieht irgendwie gar nicht mehr so froh gelaunt aus wie noch vor zehn Minuten. Sondern blass und müde. Erschöpft irgendwie. Wer weiß, wie lange sie heute schon arbeitet, denkt Kitty. Draußen ist es dämmrig.
Kitty versucht, nicht an den Vogel zu denken, der unter ihrem Fenster liegt. Aber möglicherweise liegt er da ja gar nicht.
Spatzen sind geschickte Flieger. Sie können sich bestimmt noch im Sturz abfangen.
Die Oberärztin stürmt ins Zimmer. Bleibt stehen. »Ja?«
Dann sieht sie Kittys erhobene Arme, die blutdurchtränkten Mullbinden. Sie sagt nichts, verschwindet wieder. Eine halbe Minute später ist sie zurück, mit Rita.
Rita trägt frische Binden.

Die Oberärztin macht ein strenges Gesicht. Sie stellt Kittys Kopflehne ganz steil, legt eine Waschdecke auf Kittys Bauch und schiebt die Decke ganz zurück. »Wir brauchen einen frischen Bezug, Rita«, sagt sie.
»Hol ich sofort.« Rita lächelt Kitty auch nicht an. Keiner schaut sie an. Es ist wie zu Hause, wenn alle auf den Teller gucken oder in den Fernseher. Kitty sitzt aufrecht in ihrem weißen Bett mit den Blutflecken, die Arme auf der Waschdecke. Die Oberärztin knotet die Mullbinde auf und wickelt sie ab. Je weiter sie wickelt, desto mehr Blut kommt zum Vorschein.
»Wieder alles aufgekratzt?«, fragt die Oberärztin. Jetzt schaut sie Kitty an.
Kitty erwidert trotzig den Blick. »Klar.«
»Klar ist das gar nicht«, sagt die Ärztin. »Was versprichst du dir davon?«
»Nichts.«
»Dann könntest du es doch auch ganz einfach sein lassen.«
»Ja«, sagt Kitty. »Könnte ich, will ich aber nicht. Ich muss telefonieren. Kann ich telefonieren?«
Die Oberärztin und Sharon tauschen einen Blick. Kitty kann nicht herausfinden, welche geheimen Botschaften die beiden miteinander tauschen.
»Wen willst du denn anrufen?«, fragt die Oberärztin. Sie untersucht Kittys Arm. Es tut weh, wenn sie die geschwollene, wunde Stelle berührt. Die Stelle ist stärker geschwollen als gestern. Und stärker als vorgestern. Der Unterarm ist gelb und grün angelaufen.
»Beweg mal die Finger!«, sagt die Oberärztin.

Kitty bewegt die Finger. »Tut das weh?«, fragt sie.
Kitty hebt die Schultern. »Weiß nicht.«
»Das merkt man doch, ob etwas wehtut oder nicht.«
»Ich nicht«, sagt Kitty.
Die Oberärztin lacht. »Du nicht?«
»Nein.«
»Hat das auch nicht wehgetan, als du dir das da beigebracht hast?« Die Ärztin streift mit den Fingern vorsichtig über die schmalen Schnitte, die Kitty quer über ihren Arm geführt hat. Schöne Muster, wie Kitty findet. »Hat das nicht wehgetan?«
»Wer sagt denn, dass ich das gemacht habe«, sagt Kitty.
»Hast du es nicht gemacht?«
Kitty und sie schauen sich in die Augen.
»Doch«, sagt Kitty. »Hab ich. Aber es hat nicht wehgetan.«
»Du hast überhaupt keinen Schmerz gespürt?«
»Nein«, sagt Kitty, »kann ich telefonieren?«
»Vielleicht«, sagt die Oberärztin. »Ich muss darüber nachdenken. Sagst du mir, wen du anrufen willst?«
Kitty schüttelt den Kopf.
»Deine Eltern?«, fragt die Ärztin. »Wenn du mit deinen Eltern sprechen möchtest, dann muss ich vorher dem Professor Bescheid sagen. Du weißt, dass deine Eltern hier gewesen sind?«
Kitty nickt. Sie versteht nicht, warum ihr Herz so schlägt. Sie stellt sich vor, wie ihre Eltern bei dem Professor gewesen sind. Sie stellt sich vor, was ihre Mutter gesagt hat. »Wir kommen nicht mit ihr zurecht. Sie ist so schwierig. Ich weiß, dass sie so etwas schon mal gemacht hat, aber sie hat es nicht zugegeben. Sie ist so

komisch. Wir kommen nicht an sie ran. Wir verstehen sie nicht . . .«

»Nicht mit meinen Eltern«, sagt Kitty. »Mit jemand anderem.«

»Vielleicht mit deinem Freund?«

Kitty presst ihre Lippen zusammen und schaut zum Fenster. Es ist auf einmal stockfinster draußen.

Vom Flur kommt Lärm. Das Scharren und Schlurfen einer ganzen Gruppe, die sich über den Flur bewegt. Aber man hört nur leise Stimmen. »Das ist die Gruppe von Uwe Killing«, sagt die Oberärztin. »Er war heute mit ihnen im Kino. Gehst du gern ins Kino?«

Kitty überlegt. Wieso waren die im Kino? Wie ist es möglich? Aber sie fragt lieber nicht. Eigentlich interessiert es sie gar nicht.

»Jetzt gibt es gleich Abendbrot«, sagt die Ärztin. »Drüben im Esszimmer. Wir essen immer in Gruppen von vier Leuten. Drei Patienten und ein Betreuer. Manchmal auch nur zwei Patienten und ein Betreuer. Kommt eben drauf an.«

»Worauf?«, fragt Kitty.

»Na ja. Darauf, wie schwer krank die Patienten sind.«

»Ich denke, die waren im Kino«, sagt Kitty, »wie können die dann schwer krank sein?«

Die Oberärztin verbindet ruhig Kittys linken Arm und dann den rechten. Eine Weile sagen sie gar nichts. Man hört das Klappern von Geschirr im Flur. Und dann eine tiefe männliche Stimme. Plötzlich schreit jemand. Das geht durch Kitty wie ein elektrischer Schlag. Aber sie lässt sich nichts anmerken.

»Du bist doch auch schwer krank«, sagt die Ärztin ruhig.

»Und trotzdem bist du vor ein paar Tagen noch herumgelaufen wie die Gesunden. Bist zur Schule gegangen, einkaufen, mit der S-Bahn gefahren, was weiß ich. Und eigentlich warst du schwer krank.«

Kitty runzelt die Stirn. Sie hat das Gefühl, dass die Ärztin die Worte im Munde rumdreht. »Ich rede ja nicht von mir, sondern von den anderen.«

»Glaubst du denn, dass du anders bist?«, fragt die Ärztin freundlich.

Sie ist fertig. Sie schneidet die Enden der Mullbinden mit der Schere ab und verklebt die Ränder mit Hansaplast.

Dann steht sie auf und drückt Rita die Sachen in die Hand. »Ich denke, du solltest aufstehen, dir etwas Sauberes anziehen und mit uns in den Speiseraum kommen«, sagt die Ärztin. »Ich möchte nicht, dass du hier allein herumliegst und nur wieder anfängst, Dummheiten mit deinen Armen zu machen.« Sie schenkt Kitty ein aufmunterndes Lächeln. »Ja? Ziehst du dich an?«

»Ich habe keine Lust«, sagt Kitty.

»Und wenn ich dich bitte?«

»Ich weiß nicht«, sagt Kitty. Sie weiß wirklich nicht, ob sie lieber allein bleiben möchte. Sie weiß überhaupt nichts.

Rita geht weg und kommt wieder mit frischem Bettzeug.

»Du musst sowieso aufstehen«, sagt sie, »ich muss dein Bett frisch beziehen.«

»Na siehst du.« Die Oberärztin lächelt schmeichelnd. »Im Schrank hängen deine Sachen, oder?«

Sie öffnet die Schranktür. Kitty sieht ihre Kordhose, die über einem Bügel hängt, den hellblauen Rollkragenpulli,

die Jacke. Ihre Wäsche. Und einen karierten Schal, den sie noch nie gesehen hat.
»Alles gewaschen und gebügelt«, sagt Rita.
Kitty steigt langsam aus dem Bett. Sie tapst auf bloßen Füßen zum Schrank. Die Oberärztin tritt einen Schritt zurück und beobachtet Kitty. Kitty nimmt den Pulli heraus, schaut ihn an. Nimmt ihn auseinander, betrachtet ihn von vorn, von hinten. »Hab ich das angehabt?«, fragt sie.
»Ja«, sagt die Ärztin, »sind das nicht deine Sachen? Erkennst du sie nicht?«
Kitty nimmt den Schal. »Und den hier? Der Schal? Wo kommt der her?« Sie spürt, wie ihr Herz schlägt. Wie das Gesicht ganz heiß wird. Sie nimmt den Bügel mit der Hose, zieht die Hose herunter, schaut sie sich an. Sie versucht, sich zu erinnern, was gewesen ist. Bis jetzt hat sie den Gedanken verdrängt. Sie wollte sich nicht erinnern, wie das war, als sie versucht hat, sich die Pulsadern aufzuschneiden. Mit der Nagelschere. Sie wollte nicht wieder in dieses tiefe schwarze Loch sinken . . . Sie wollte nicht wissen, wie Sven sie gefunden hat. Was sie gemacht hat. Gesagt hat. Irgendwann, hat sie gedacht, wird Sven es mir sagen, wird irgendetwas sagen. Ich will nicht daran denken. Nicht allein. Ich will nicht. Eine alte Frau fällt ihr ein. Am Brunnen. Nasser Kopf. Kalter Kopf. Nasse Haare. »Aber Kindchen. Was machst du da? Du wirst dir eine Erkältung holen!«
Der Hosengürtel fehlt.
Sie schleudert plötzlich die Hose weg, gegen das Fenster, rennt auf das Bett zu, wirft sich hin, rollt sich zusammen, den Kopf zwischen den Armen.

Die Oberärztin läuft zu ihr, legt ihre Hand auf Kittys Rücken. »Was ist los?«, fragt sie sanft.
Kitty schlägt um sich. »Lasst mich allein!«, schreit sie. »Haut ab! Haut alle ab!«
Sie richtet sich auf, reißt der erschrockenen Rita die Bettdecke aus der Hand, die sie gerade in einen neuen Bezug stecken will, und zieht sich die Decke über den Kopf. »Ich will, dass ihr abhaut! Macht die Tür zu!« Ihr Schrei erstickt unter der Decke.
Sie weint. Die Tränen laufen nur so aus ihren Augen. Sie kann nichts dagegen tun. Das Gesicht ist sofort ganz nass, das Laken, alles. Wieder alles dreckig, denkt sie, wieder alles schmutzig. Und immer mehr Tränen kommen.
Als sie aufhört zu schluchzen, ist es still.
Vorsichtig zieht sie die Decke vom Kopf. Es ist dunkel im Zimmer, fast dunkel. Nur eine kleine Notlampe an der Fußleiste neben der Tür brennt. Eine grüne Notlampe. Die hat gestern und vorgestern Nacht auch gebrannt, denkt Kitty. Sie schiebt die Haare aus der Stirn.
Es geht ihr plötzlich besser. Sie fühlt sich leichter. Auch der Kopf ist nicht mehr so heiß. Sie tastet nach der Nachttischlampe. Plötzlich stößt ihre Hand gegen etwas Weiches. Sie schreit auf.
»Psst«, macht die Ärztin, »nicht erschrecken, ich bin es nur. Ich sitze hier an deinem Bett, Herzchen.«
Kitty rührt sich nicht. Sie starrt auf die dunkle Silhouette der Ärztin. Sie atmet leicht. Ganz flach. Damit das Atmen kein Geräusch macht.
»Geht es dir besser?«, fragt die Ärztin freundlich.

»Ich weiß nicht«, murmelt Kitty.
»Hast du geschlafen?«
»Weiß ich nicht. Wie spät ist es?«
»Zehn Minuten nach neun.«
»Und wie spät war es vorhin?«
»Du meinst, als du am Kleiderschrank gewesen bist?«, fragt die Ärztin.
Kitty schließt die Augen. Ja. Das war es. Ja genau.
»Das war vor zwei Stunden. Gegen sieben. Um sieben gibt es immer Abendbrot.«
Kitty überlegt, was in den letzten zwei Stunden war. Sie kann sich nicht erinnern. Hat sie die ganze Zeit geweint? Oder geschlafen? Hat sie geträumt? War sie ohnmächtig? Sie kann sich einfach nicht erinnern.
»Die Schwester hat dir dein Abendbrot hier abgestellt«, sagt die Oberärztin. »Ich mach jetzt die Nachttischlampe an, ja? Nicht erschrecken, wenn das Licht so grell in den Augen ist.«
Kitty schließt die Augen. Sie merkt, dass es hell wird, öffnet die Lider, schaut sich vorsichtig um.
»Tee«, sagt die Ärztin. »Oder kalte Milch. Brot, mit Käse oder Wurst. Ein Joghurt. Warte.« Sie nimmt den Joghurt hoch, schiebt die Brille in die Haare und liest. »Mit Vanillegeschmack. Magst du das?«
Kitty nickt. Sie mag wirklich gern Joghurt mit Vanillegeschmack.
»Lieber Tee oder Milch?«
»Was ist das denn für Tee?«, fragt Kitty.
»Früchtetee. Schmeckt lecker.«
»Dann nehm ich Milch.«

»Okay.« Die Ärztin schiebt den Wagen mit dem Tablett an Kittys Bett. Sie nimmt eine Serviette und breitet sie auf Kittys Bettdecke aus. Kitty sieht, dass ihr Bett frisch bezogen ist. Sie kann sich nicht erinnern, wann das passiert ist. Auf dem Nachttisch steht eine Flasche mit Wasser und in der Nierenschale liegt eine Spritze. Hat sie eine Spritze bekommen?

Sie erinnert sich nicht.

Die Ärztin steht auf. »Also, dann wünsch ich dir guten Appetit. Wenn du noch irgendetwas möchtest, einfach klingeln, ja?«

15. Kapitel

Es ist Nacht. Alle schlafen oder tun wenigstens so.
Kitty ist aus dem Bett gestiegen, hat ganz behutsam ihre Tür geöffnet und sie einen Spaltbreit offen gelassen. Dann ist sie wieder ins Bett zurückgeschlüpft. Und nun wartet sie. Sie weiß nicht, worauf sie wartet.
Sie hat gehört, wie Rita sich von der Nachtschwester verabschiedet hat. Die Nachtschwester heißt Karola und sieht ein bisschen so aus wie Kittys Mutter. Das hat sie in der ersten Nacht richtig erschreckt. Da stand Schwester Karola in der Tür, nur mit einer Taschenlampe, um Kitty nicht zu wecken. Aber Kitty hatte ja gar nicht geschlafen. Der Schein der Taschenlampe von unten gegen das Gesicht der Frau . . .
»Mutti?«, hat Kitty gewispert. Und war so erschrocken, dass sie dachte, ihr Herz bleibt stehen.
»Schläfst du nicht?« Die Nachtschwester war an ihr Bett gekommen, hatte die Decke zurechtgezogen und Kittys Haare gestreichelt. »Ich bin die Nachtschwester. Wir kennen uns noch nicht. Ich bin drüben im Schwesternzimmer. Wenn irgendetwas ist, kannst du jederzeit klingeln, ja?«
»Okay«, hat Kitty geantwortet, sich umgedreht und die Decke über den Kopf gezogen. Am Morgen, als sie geweckt wurde, war Rita schon wieder da. Und die Nachtschwester war wie ein Traum gewesen. Vielleicht sieht sie Mutti gar

nicht ähnlich, hat Kitty nachher gedacht. Vielleicht fang ich bloß an durchzudrehen.
Normalerweise kommt die Nachtschwester nicht mehr in die Zimmer. Es sei denn, es gibt einen ernsten Fall. Kitty hat gemerkt, dass Karola den Fernseher angedreht hat. Ganz leise. Aber dennoch hört sie hin und wieder Stimmen und Töne. Einmal ist eine Tür aufgegangen und sie hat Schritte an ihrer Tür gehört. Barfuß. Jemand ist aufs Klo gegangen. Vielleicht Ulla. Vielleicht kotzt sie sich das Abendessen wieder aus. Dabei hat Ulla fast nichts gegessen, eine halbe Banane, ein Viertel Stück Brot mit Butter. Ulla ist magersüchtig.
Jemand hat von Veronika erzählt. Kitty weiß nicht, wer das ist. Es hat geklungen, als sei Veronika gestorben. Vor nicht allzu langer Zeit. Hier auf der Station. Kitty war so erschrocken, dass sie lieber nicht gefragt hat. Irgendwann wird sie es erfahren. So oder so. Irgendwann erfährt man alles.
Die Klotür fällt zu, die Schritte kommen wieder an ihrer Tür vorbei, dann fällt eine andere Tür ins Schloss. Und dann ist es wieder still. Schwester Karola hat den Fernseher ausgeschaltet.
Im Schwesternzimmer gibt es ein Sofa, ein rotes Sofa, auf dem die Nachtschwestern schlafen können. Die Tür bleibt immer angelehnt.
Vielleicht schlafen die Nachtschwestern auch nicht, sondern tun nur so und achten auf alles, was passiert, denkt Kitty.
Ihr Herz schlägt. Sie setzt sich aufrecht, konzentriert sich. Kein Geräusch ist zu hören. Nichts.

Kitty lässt die Beine über den Rand baumeln. Das Bett ist kein richtiges Krankenhausbett, sondern ein Holzkasten mit einer bunt gemusterten Matratze. Über dem Bett gibt es ein Bücherbord aus hellem Holz. In manchen Zimmern stehen die Regale voller Bücher, Alben und Schnickschnack. Manche, die schon lange da sind, haben ihr Zimmer eingerichtet wie zu Hause. Oder wie Zimmer in einem Internat.

Sie stellt sich hin und schaut sich um. Inzwischen kennt sie jeden Winkel ihres Zimmers. Neben dem Schrank der Stuhl. Auf dem Stuhl liegt ihr Bademantel. Den haben die Eltern für sie abgegeben. In der Bademanteltasche war eine Tüte Gummibärchen. Ihre Mutter hat sie reingesteckt. Als kleinen Gruß. Das fand Kitty irgendwie so rührend, dass sie sofort weinen musste. Sie isst jetzt immer ein Gummibärchen, wenn sie traurig ist. Ungefähr fünfzig Bärchen sind in der Tüte und sie hat schon mindestens die Hälfte gegessen.

Kitty zieht den Bademantel nicht an. Sie hat Angst, dass der Stuhl umkippen und ein Geräusch machen könnte.

Sie drückt vorsichtig ihre Tür auf und schaut in den Flur.

Der Flur ist vollkommen dunkel. Nur neben der Tür brennt die kleine grüne Notbeleuchtung.

Die Tür zum Schwesternzimmer ist nur angelehnt, aber Kitty sieht, dass Schwester Karola das Licht ausgemacht hat. Vorsichtig schleicht Kitty in den Flur. Sie drückt sich an der Wand entlang bis zum Schwesternzimmer.

Schwester Karola schnarcht. Ruhig und gleichmäßig, ganz entspannt. So möchte ich auch mal schlafen, denkt Kitty.

Sie schleicht sich weiter. Das Ärztezimmer ist am Ende

des Flures. Es ist immer abgeschlossen. Oder jedenfalls tagsüber. Kitty hat gesehen, wie die Ärzte die Tür aufschließen und wieder abschließen.
Aber heute Abend ist die Oberärztin zu Ulla gerufen worden, gerade als sie absperren wollte. Kitty hofft, dass das Zimmer noch offen ist.
Sie bleibt vor dem Ärztezimmer stehen und lauscht.
Nichts.
Sie hört absolut nichts.
Sie kann auch kaum etwas sehen. Das Herz schlägt wie verrückt. Sie drückt ganz behutsam die Klinke herunter. Ganz, ganz langsam.
Die Tür gibt nach.
Nicht abgeschlossen!
Kitty lässt vor Schreck die Klinke los. Es macht ein feines, klickendes Geräusch. Kitty wartet, wie erstarrt.
Nichts.
Im Schwesternzimmer bleibt alles dunkel.
Kitty schiebt die Tür auf, schleicht ins Zimmer, drückt die Tür wieder zu.
Sie versucht, sich zu orientieren, nur einmal hat sie einen kurzen Blick in das Zimmer geworfen. Da hat sie den Schreibtisch gesehen, schräg vor dem Fenster, ein weißer Kunststoffschreibtisch mit einem schwarzen Drehstuhl davor. Auf dem Schreibtisch das Telefon. Das hat sie hypnotisiert. Ein Telefon!
Kitty geht auf Zehenspitzen zum Schreibtisch.
Sie lässt ihre Finger vorsichtig über die Schreibtischplatte gleiten. Ganz langsam. Sie fühlt ein Buch, eine Mappe, und dann etwas Glattes und im nächsten Moment kracht

das Gefäß mit den Bleistiften auf den Boden. Es macht einen Höllenlärm. Kitty zittert. Sie geht in die Knie, kriecht auf dem Boden, rollt sich zusammen wie ein kleiner Hund, der damit rechnet, dass er Prügel bekommt. Sie steckt den Kopf unter die Arme und wartet. Alles ist ruhig. Kein Licht geht an. Nichts rührt sich.
Kitty zählt bis hundert. Dann kriecht sie zur Tür. Schließt die Tür und sucht nach dem Lichtschalter. Als die Neonlampe aufleuchtet, ist sie im ersten Augenblick so geblendet, dass sie gar nichts sieht. Dann robbt sie zurück zum Schreibtisch und sammelt die Stifte ein. Ganz vorsichtig. Stellt den Becher wieder auf den Schreibtisch zurück. Jetzt sieht sie, dass das Telefon auf dem Fensterbrett steht. Ein graues Telefon. Mit ganz vielen Knöpfen und ganz vielen Buchstaben neben den Knöpfen.
Scheiße, denkt Kitty.
Sie nimmt den Hörer ab und lauscht. Nichts. Kein Freizeichen.
»Scheiße, Scheiße«, flüstert Kitty.
Sie starrt auf die verschiedenen Knöpfe. Oben sind vier Knöpfe, unter denen A1, A2, A3 und A4 steht.
Vielleicht ist das das Amt, denkt sie.
Sie drückt den Knopf. Wartet. Kein Freizeichen.
Aber plötzlich meldet sich eine forsche Männerstimme. »Zentrale!«
Sie legt den Hörer wieder auf. Ihr Kopf dröhnt wie verrückt. Ein Feuer unter der Schädeldecke. Alles glüht. Sie starrt auf das Telefon. Es gibt ein Telefon und sie weiß nicht, wie sie damit telefonieren soll.

»Bitte«, flüstert sie, »lieber Gott, hilf mir! Hilf mir!« So hat sie noch nie gebetet.

Da sieht sie den kleinen grünen Knopf.

Noch einmal, denkt Kitty. Sie holt tief Luft. Letzter Versuch. Sie nimmt den Hörer ab und drückt den kleinen grünen Knopf.

Sie wartet.

Auf einmal kommt das Freizeichen.

Kitty schließt vor Erleichterung und Erschöpfung die Augen. Das Freizeichen.

Ich muss wählen, denkt sie. Schnell. Schnell.

Svens Nummer. Oh Scheiße, wie war seine Nummer.

69 87 91. Nein. Nein. Nicht 91.

Sie haut auf die Gabel.

Sie wartet. Lauscht. Alles ist ruhig.

Sie nimmt den Hörer wieder auf, drückt den grünen Knopf und wartet auf das Freizeichen. Als es endlich ertönt, wählt sie langsam und konzentriert Svens Nummer.

Sie lässt es klingeln. Lange. Sehr lange.

Bitte, fleht Kitty, bitte, geh ran!

Plötzlich klickt es. Jemand sagt: »Ja?«

Das ist nicht Sven, denkt Kitty. So ein Mist.

»Schnös?«, flüstert sie.

»Ja. Genau. Sag mal, tickst du nicht richtig? Weißt du nicht, wie spät es ist?«, knurrt er verschlafen. »Wer ist da überhaupt?«

»Hier ist Kitty.«

»Oh.« Sofort ändert sich sein Ton. »Kitty? Echt? Wo bist du?«

»Weißt du das nicht?«

Pause. Schnös räuspert sich. »Du bist doch in der Klapse, oder? Oder bist du abgehauen?«
»Ist Sven nicht da?«
»Wer?«
»Na, Sven!«
»Nein«, sagt Schnös, »keine Ahnung, wo der steckt. Sag mal, wie geht es dir!«
»Wie soll es mir gehen?«, sagt Kitty. »Ich muss unbedingt mit Sven sprechen. Ich muss einfach wissen, was passiert ist. Ich bin total durch den Wind, weißt du.«
»Du weißt echt nicht, was los war?«, fragt Schnös misstrauisch. »Guck dir doch mal deine Handgelenke an! Jedenfalls hast du auf unserem Flur eine ziemliche Sauerei veranstaltet. Ich meine, all dein Blut.«
Kitty kann nicht glauben, dass jemand so mit ihr redet. Dass jemand so brutal sein kann. Sie sehnt sich auf einmal nach ihrem Bett. Nach ihrem Zimmer mit dem vergitterten Fenster, durch das niemand durchkann. Sie will gar nicht mehr telefonieren, wenn man ihr dann wehtut. Vielleicht hat Sven sie ja auch schon ganz vergessen. Wieso hat er sich nicht gemeldet. Selbst wenn er nicht mit ihr telefonieren darf. Hätte er nicht eine Karte schicken können.
Oder irgendein Lebenszeichen von sich geben. Anderen Leuten fällt doch auch immer etwas ein in so einer Situation. Den Leuten im Film zum Beispiel, denen fallen immer so tolle Sachen ein.
Aber das Leben ist eben kein Film.
»Hey. Kitty? Noch dran?«
»Ja bin ich.«

»Ach so. Ich habe schon gedacht, du machst wieder irgendeinen Scheiß.«
Kitty wirft den Hörer auf die Gabel. Ihr ist übel, ihr Kopf glüht. Sie geht zur Tür. Dreht das Licht aus, öffnet die Tür. Ich will in mein Bett, denkt sie. Decke über den Kopf und Schluss.
Der Flur ist immer noch dunkel. Vorsichtig zieht Kitty die Tür hinter sich zu und schleicht den Flur zurück.
Neben dem Schwesternzimmer bleibt sie stehen und lauscht. Schwester Karola schnarcht nicht mehr.
Kitty hat Angst, dass sie husten muss. Etwas sitzt ihr in der Kehle. Und sie hat Schleim in der Lunge. Den will sie raushusten. Aber sie weiß, dass es nur die Panik ist, die Aufregung.
Sie huscht weiter, bis zu ihrer Tür, schlüpft in ihr Zimmer und krabbelt unter die Decke. Endlich in Sicherheit.
Jetzt liegt sie da, die Arme unter dem Kopf und grübelt. Wo ist Sven? Um zwölf Uhr nachts? Wieso hilft er ihr nicht? Wieso geht es sie etwas an, wo Sven jetzt ist?
»Sven«, flüstert sie. »Sven, bitte. Bitte vergiss mich nicht!«

16. Kapitel

Am nächsten Tag immer noch keine Nachricht von Sven. Kein Anruf.

Niemand, der ihr etwas sagt. Dein Freund hat angerufen, schöne Grüße, irgend so etwas.

Kitty ist sicher, dass man ihr so was ausrichten würde. Immerhin hat man ihr ja auch gesagt, dass ihre Eltern da gewesen sind.

Sie ist froh, dass sie nicht mit ihren Eltern reden muss. Das ginge jetzt nicht, das weiß sie. Es gibt nichts zu sagen. Sie muss das für sich selbst erst auf die Reihe bekommen. Muss selbst erst einmal genau wissen, was passiert ist. Und warum.

Was genau sie gemacht hat. Und warum ihr Kopf so leer wird, wenn sie sich darauf konzentrieren will.

Wann. Wie alles zusammenhängt.

Wieso. Ich muss das rausfinden, denkt sie.

Der Professor sagt, dass Sven sie eingeliefert habe. Dass sie zuerst in die Notaufnahme gekommen sei, wo man Erste Hilfe geleistet habe.

Sie sei nicht bei Bewusstsein gewesen. Und später auf die Psychiatrie.

»Alle Suizidfälle«, hat der Professor gesagt, »kommen zu uns. Immer.«

»Und wieso?«, hat Kitty gefragt.

Darauf hat der Arzt nicht geantwortet.

»Ist man denn verrückt, wenn man versucht, sich umzubringen?«

Der Arzt hat gelächelt, sie angesehen und gesagt: »Ein gesunder Mensch will leben. Wir haben nur dieses eine Leben, weißt du, und der Mensch hängt daran. Kein gesunder Mensch möchte sterben.«

»Dann bin ich also krank.«

»Aber hier«, hat der Professor gesagt, »wirst du wieder gesund. Wenn du willst. Und uns hilfst. Es geht nur, wenn du mithilfst. Gegen deinen Wunsch können wir hier gar nichts ausrichten. Verstehst du das?«

Kitty hatte gesagt, dass sie das verstehe, aber das war eine Lüge gewesen. Sie versteht nichts.

Sie versteht ja nicht einmal, wieso Sven sich nicht meldet.

Ob er sie schon vergessen hat?

Vielleicht, denkt sie, will er nichts zu tun haben mit einem Mädchen, das in die Psychiatrie eingeliefert wurde.

Vielleicht schämt er sich.

In der Psychiatrie gibt es keine offenen Türen. Da wird man weggeschlossen.

Man lebt auf einem Flur, von dem die Zimmer abgehen, Krankenzimmer, Esszimmer, Gemeinschaftsraum, Schwesternzimmer, Küche, Arztzimmer. Waschräume.

Wenn man in eine andere Abteilung des Krankenhauses muss, zum Beispiel zum Blutabnehmen, wird man von einem Pfleger begleitet. Alle Pfleger und Schwestern und Ärzte haben einen Schlüsselbund. Immerzu hört man das Klappern der Schlüssel. Immer wieder wird irgendein Schlüssel in ein Schloss gesteckt, immer wartet ein Patient neben einer Tür, bis aufgeschlossen wird. Man kann keinen Schritt allein gehen, auch nicht in den Garten, obwohl der nur ein Innenhof ist, umgeben von dreistöckigen Gebäuden.

»Wer rauswill, schafft es auch«, sagt Professor Neugebauer. »Es gibt immer Möglichkeiten.«

Kitty war noch nie eingeschlossen. Ihre Eltern haben ihr nicht einmal Stubenarrest verpasst. Jetzt lebt sie in der Abteilung 10a der Jugendpsychiatrie und muss sich daran gewöhnen, dass sie eine Gefangene ist.

Die Pfleger sind alle nett. Die Schwestern auch. Die Oberärztin, der Professor, Sharon. Alle sehr nett. Irgendwie zu nett. Unnatürlich nett.

Kitty sitzt im Essraum an einem Tisch zusammen mit Sofie, Ulla, Alex und Rita. Sofie und Ulla sind magersüchtig. Rita achtet darauf, was sie essen. Sie sind so dünn, dass ihre Arme wie Skelette wirken. Sie sprechen nicht. Sie sitzen vor ihrem Teller und zerkrümeln das Stückchen Kuchen, bis nichts davon mehr übrig ist. Kitty hat inzwischen begriffen, dass man Nahrungsmittel so zerkleinern kann, dass sie fast verschwinden, ohne irgendetwas zu essen. Aber Rita lässt sich nicht täuschen.

»Ulla«, sagt sie, »hast du gesehen, dass wir Nussjoghurt haben?«

Ulla nickt. Sie schaut teilnahmslos vor sich hin.

»Gestern hast du gesagt, dass der Joghurt lecker schmeckt.«

Ulla antwortet nicht.

»Oder wie wär's heute mal mit ein bisschen Rührei?«, schlägt sie vor. »Mit frisch gehacktem Schnittlauch. Und dazu ganz leckeres Körnerbrot.«

»Ich glaube, lieber nicht«, sagt Ulla. »Ich habe doch den Kuchen gegessen.«

Rita schüttelt lächelnd den Kopf. »Du weißt genauso gut wie ich, dass du davon höchstens fünf Gramm gegessen hast.«

»Heute geht nichts rein«, sagt Ulla.

Ulla ist vierzehn. Sie ist einen Meter zweiundsiebzig groß und wiegt 42 Kilo. Alex hat Kitty erzählt, dass Ulla sehr krank ist.

»Richtig krank«, hat Alex gesagt. »Aber sie kapiert es nicht.«

Alex ist auch vierzehn. Er lebt seit vier Monaten in der Psychiatrie. Er hat Kitty erklärt, welche Krankheit er hat, aber Kitty hat es nicht richtig verstanden. »Wasch- und Kontrollzwang«, hat er gesagt. Und ein bisschen hilflos gelächelt. »Aber es ist schon besser.«

»Inwiefern besser?«, hat Kitty gefragt.

»Ja, also, ich muss mir jetzt nicht mehr alle fünf Minuten die Hände waschen, sondern nur noch, wenn ich wirklich was angefasst habe.«

Er achtet sorgfältig darauf, die Hände immer in die Hosentaschen zu stecken. Er denkt, dass seine Hände vergiftet sind. »Ich will niemanden kontaminieren«, sagt er.

»Du hast dir wirklich alle fünf Minuten die Hände gewaschen?«, fragt Kitty fassungslos.

Alex hat gelächelt. »Manchmal bin ich aus dem Badezimmer gar nicht rausgekommen.«

»Und wieso machst du das?«

»Deshalb bin ich ja hier. Damit die Ärzte das rausfinden.«

»Und haben sie schon was gefunden?«

Alex hebt die Schultern. Er schaut an Kitty vorbei. »Ich glaube. Ein bisschen. Wir arbeiten noch dran. Aber ich habe keine Lust, darüber zu sprechen.«
Alex ist einfach in Kittys Zimmer gekommen und hat ihr seine CDs vorgespielt. Sie hockt mit angezogenen Beinen auf ihrem Bett im Schneidersitz und sieht zu, wie Alex mit seinen Sachen hantiert. Als seien es ganz hochempfindliche Instrumente mit spitzen Fingern.
Alex besucht die Schule in der Psychiatrie. Die Schule ist im Untergeschoss untergebracht, lauter kleine Klassenzimmer mit vergitterten Fenstern. Da Ulla genauso alt ist wie er und auch das Gymnasium besucht hatte, sind sie jetzt ein Klassenverband.
»Aber Ulla ist immer so schwach, die kann dem Unterricht gar nicht folgen«, sagt Alex. »Die liegt meistens auf dem Sofa. In jedem Klassenzimmer gibt es ein Sofa. Falls man so schlecht drauf ist, dass man nicht sitzen kann.«
Alex schwärmt von dem Deutschlehrer. »Der ist schwul«, sagt er, »total verrückt angezogen, aber unheimlich nett. Und wie der einem Sachen erklärt und über Bücher und Geschichte und so redet – so einen Lehrer hätte ich mir bei uns auf der Schule gewünscht.«
Als es die DDR noch gab, sagt Alex, wurde der Lehrer nicht in den Schuldienst übernommen. Weil er schwul war. In der DDR waren Schwule nicht vorgesehen. Er hat Zirkuskinder unterrichtet, bis Professor Neugebauer ihn in die Jugendpsychiatrie holte. Da fühlt er sich richtig wohl.
»Letzte Woche waren wir im Theater«, sagt er. »Nathan der Weise. Ein echt geiles Stück, hätte ich nie gedacht. Früher

fand ich Lessing immer total langweilig. Wie findest du Lessing?«
»Ich weiß nicht mal, wer das ist«, sagt Kitty.
»Wieso. Ich welche Klasse gehst du denn?«
»Eigentlich in die achte.«
»Dieselbe wie ich«, sagt Alex.
»Ja, aber Realschule. Außerdem war ich in der letzten Zeit so gut wie nie in der Schule. Immer nur mal so besuchsweise.«
Alex grinst. »Schulverweigerung. Kenn ich. Da ist noch ein Mädchen hier. Die Beate. Die ist ein ganzes Jahr nicht zur Schule gegangen und ihre Eltern haben es nicht gemerkt. Ich kapiere nicht, wie das geht. Ein ganzes Jahr!«
»Ich kapiere das schon«, sagt Kitty.
Sie schweigen eine Weile, wiegen den Kopf zum Rhythmus der Musik, schauen aus dem Fenster. Als ihre Blicke sich kreuzen, lächelt Alex. »Guter Rhythmus, oder?«
Kitty lächelt auch. Sie nickt.
»Morgen ist wieder Musiktherapie«, sagt Alex. »Das ist geil. Echt. Da geht es einem hinterher unheimlich gut. Wenn wir Musiktherapie hatten, dann ist meine Angst weg. Auf einmal. Ganz komisch. Da fühle ich mich total gut. Ganz frei.«
»Was denn für eine Angst?«, fragt Kitty.
Alex' Gesicht verschließt sich. Er nimmt die CD aus dem Discman, schiebt sie in die Hülle zurück. »Ach, nichts Besonderes.«
»Erzähl doch mal!«, sagt Kitty.
Alex schüttelt den Kopf. »Kann man nicht erzählen.«
»Und wieso nicht?«

»Weil es so gruselig ist.« Alex versucht zu grinsen. Aber es wird nur eine Grimasse. »Echt. Ein Stephen King ist nichts gegen meine Träume. Wirklich gar nichts. Und wieso hast du versucht, dich umzubringen?«

Kitty wird bleich. »Woher weißt du das?«

»Hier wissen wir alles«, sagt Alex. »Was glaubst du, zehn Leute. Zehn Patienten und dieselbe Zahl Pfleger und Ärzte. Da weiß man einfach alles. Geheimnisse gibt es hier nicht. Man kommt ja nicht weg. Ich weiß genau, wann Sofie das Zeug wieder auskotzt, was sie isst. Weißt du, wie sie ihre Kalorien runterkriegt?«

Kitty schüttelt den Kopf. »Sie stellt sich nachts ans offene Fenster und turnt.« Alex grinst. »Verrückt, was?«

»Aber es ist doch nachts unheimlich kalt.«

»Deshalb macht sie es ja. Weil sie dabei Kalorien verbrennt.«

»Bescheuert«, sagt Kitty und zuckt mit den Schultern.

»Na ja. Ich weiß nicht. Sie wird ihre Gründe haben. Du hast doch bestimmt auch deine Gründe gehabt.«

Kitty sagt nichts.

Alex zieht seine Hausschuhe wieder an. Auf der Station tragen alle Patienten Hausschuhe. Straßenschuhe braucht man nicht. Man kommt ja nicht raus.

»Heute Abend gibt es Pizza«, sagt Alex. »Mit Schinken und Käse. Hoffentlich magst du Pizza.«

Kitty nickt.

»Bin ich froh«, sagt Alex, »dass du nicht magersüchtig bist. Die gehen einem echt auf die Nerven, die Mädchen. Ich glaube, du gehst einem nicht so schnell auf die Nerven.«

»Kommt drauf an«, sagt Kitty.

»Worauf?«

Kitty hebt die Schultern. Alex ist klein, dick und trägt immer einen Kugelschreiber hinter dem Ohr. Das findet er irgendwie witzig. Außerdem kaut er ständig Kaugummi. Er hat immer Nachschub in der Tasche, bietet allen Leuten Kaugummis an. Aber niemand will sie. So sitzt er allein da, macht große Bubbles und lässt sie dann mit einem lauten Knall platzen. Wenn das Kaugummi keinen Geschmack mehr hat, wickelt er es in ein Stückchen Silberfolie und schmeißt es in den Müll. Dann geht er und wäscht seine Hände.

»Ich muss jetzt rüber«, sagt Alex. »Ich habe Einzelsitzung. Hattest du schon eine Einzelsitzung?«

Kitty schüttelt den Kopf. »Morgen die erste.«

»Beim Professor oder bei der Goessel?«

»Beim Professor, glaube ich wenigstens.«

»Der ist besser als die Goessel. Sagen alle. Du hast Glück. Die Goessel macht immer so blöde Tests.«

Die Tür geht auf. Die Oberärztin steht in der Tür. Sie lächelt erfreut. »Oh, du hast Kitty besucht, Alex. Das finde ich nett.«

»Ich bin doch immer nett«, sagt Alex.

»Habt ihr euch gut vertragen?«

»Nee«, sagt Alex, »überhaupt nicht. Sie hat mir mit der Schaufel auf den Kopf gehauen und dafür habe ich ihr das Förmchen mit dem Sand ins Gesicht gekippt. Und dann durften wir nicht mehr in der Sandkiste spielen.«

Die Oberärztin ringt sich ein Lächeln ab. »Er ist unser Clown«, sagt sie. »Wir freuen uns auf der Station alle, dass Alex immer zu Witzen aufgelegt ist.« Sie legt den Arm um ihn. Er lässt es sich gefallen. »Ich wollte dich zur Stunde abholen.«

Sie zieht aus der Kitteltasche den großen Schlüsselbund.

»Ich weiß«, sagt Alex. »Aber ich habe überhaupt keine Lust.«

»Leider können wir darauf keine Rücksicht nehmen«, sagt die Ärztin fröhlich.

Sie gehen und Kitty bleibt allein zurück.

Sie liegt in ihrem Jogginganzug, mit dicken Socken auf dem Bett und starrt gegen die Zimmerdecke. Ihre Arme hat sie in den karierten Schal von Frau Feger gewickelt. Der Schal ist weich. Manchmal legt sie ihn auch auf ihr Kopfkissen.

Plötzlich gellt draußen ein Schrei. Ein hoher, unerträglicher Schrei. Dann hört sie andere Stimmen. Das ist Til. Er macht seinen Zivildienst auf der Station. Kitty findet ihn nett. Ein Typ mit langen lockigen Haaren, die er mit einem Gummiband im Nacken zusammenbindet, und einem Dreitagebart. Er hat einen schlurfenden Gang und eine langsame, träge Stimme. Aber er lächelt immer, den ganzen Tag.

Alle mögen Til, das hat Kitty schon herausgefunden.

Wieder hört Kitty einen Schrei. Sie rollt sich aus dem Bett und öffnet die Tür. Steckt den Kopf raus. Vorsichtig.

Bernie, ein zehnjähriger Junge, der am Vortag eingeliefert wurde, steht an der Tür, die zum Treppenhaus führt, und schlägt mit den Fäusten dagegen. Immer wieder.

Til versucht, ihn von der Tür wegzubringen.

»Lass mich«, kreischt Bernie, »ich will hier raus! Ich will raus! Gib mir den Schlüssel!«

»Meinen Schlüssel bekommst du nicht.«

»Du bist ein Arsch! Ein Scheißwichser!«, kreischt Bernie. Er schlägt wie von Sinnen auf den Zivi ein.

Til hält ihn an den Armen fest. Er ist ganz ruhig. Er lächelt. »Bernie, es hat keinen Sinn, so zu schreien. Wieso spielen wir nicht irgendetwas?«

»Weil ich keine Lust auf eure Scheißspiele habe«, schreit Bernie. Er reißt sich los, rennt in die Küche, kommt in der nächsten Sekunde mit einem Marmeladenglas wieder heraus und knallt es gegen die Wand.

Kitty und der Zivi sehen zu, wie das Glas zersplittert und eine gelbe Schmiere an der Wand herunterläuft.

Bernie dreht um, rennt in sein Zimmer und knallt die Tür zu.

Til atmet tief durch.

Er geht zu der Wand, fährt mit dem Zeigefinger über die gelbe Masse, leckt vorsichtig daran. Er lächelt Kitty zu. »Aprikosenmarmelade«, sagt er. »Meine Lieblingsmarmelade. Das weiß der Typ ganz genau. Die habe ich heute Morgen erst mitgebracht. Meine eigene Marmelade. Bloß Scheiße, dass ich nicht daran gedacht habe. Solche Gläser machen Scherben. Und die sind gefährlich. Wie Messer.«

Kitty kommt näher. Gemeinsam schauen sie sich die Glasscherben auf dem Boden an. Zwischen den Glasscherben ein Haufen gelber Marmelade. »Sieht aus wie Kacke«, sagt Til. »Findest du nicht?«

»Aber welches Tier kackt so gelb?«, fragt Kitty. Sie sehen sich an und müssen lachen.

Til bückt sich und sammelt vorsichtig die großen Glasscherben auf. »Ich hol einen Eimer«, schlägt Kitty vor.

»Oh, klasse, das ist nett.« Til schenkt ihr einen dankbaren Blick. Kitty holt den Mülleimer aus der Küche und gemeinsam räumen sie auf.
Aus Bernies Zimmer hört man keinen Laut.
»Der ist ja ziemlich schlecht drauf«, sagt Kitty.
»Kann man wohl sagen. Der ist ganz unten.«
»Was hat er denn?«
Til hebt die Schultern. »Selbst wenn ich das wüsste, dürfte ich es nicht sagen. Sieht so aus, als habe er zu Hause alles zusammengeschlagen. Als würden sie nicht mit ihm fertig.«
»Und hier?«, fragt Kitty. »Werden sie hier mit ihm fertig?«
»Mal sehen.« Til verschwindet, holt einen nassen Lappen und wischt alles auf. Als er sich wieder aufrichtet, geht die Tür von Bernies Zimmer auf.
»Na«, sagt Til freundlich, »wieder gut?«
Bernie kommt raus. Die Hände in den Hosentaschen. Er schlendert langsam auf sie zu. Betrachtet die Wand. Dann den Mülleimer. Den Fußboden.
»Das war meine Aprikosenmarmelade«, sagt Til.
Bernie hebt die Schultern. »Was glaubst du, wie egal mir das ist.« Er wirft einen Blick in den Mülleimer.
Kitty nimmt den Mülleimer und bringt ihn in die Küche zurück. Als sie wieder in den Flur geht, sieht sie, wie Til seinen Arm um Bernie legt und Bernie zu ihm aufsieht. Es sieht aus, als seien die beiden zwei dicke Freunde. Sie verschwinden im Aufenthaltsraum.

Als Kitty das nächste Mal am Aufenthaltsraum vorbeigeht, sitzen Bernie und Til vor einem Schachbrett. Til schaut auf,

als er Kitty sieht. »Der spielt Schach wie ein Großmeister«, sagt er.
Bernie dreht sich um, sieht Kitty, runzelt die Stirn.
»Spielen wir nun oder nicht?«
»Klar, spielen wir«, sagt Til, »du bist dran.«
»Nein. Du. Ich habe den Springer gesetzt. Du bist dran. Mann, wie lange soll ich noch warten?«
Kitty tritt in den Raum. Sie schaut auf das Brett.
»Kannst du Schach?«, fragt Til.
Kitty schüttelt den Kopf.
»Aber vielleicht hast du Lust, es zu lernen?«
»Vielleicht«, sagt Kitty. »Ich weiß nicht.«
Bernie starrt Kitty an. Dann Til. Plötzlich nimmt er das Brett mit allen Figuren und wirft es auf den Boden.
Er schreit: »Du bist doch ein Arsch!«, und rennt raus.
»Oh Mann«, sagt Kitty, »ich glaube, ich hätte mich hier nicht blicken lassen sollen.«
Til streichelt ihren Arm, als er an ihr vorbeigeht. »Mach dir nichts draus! Das hat mit dir gar nichts zu tun. Ich kümmere mich um ihn.«
Til geht über den Flur. Aber er kann die Tür zu Bernies Zimmer nicht öffnen. Bernie hat etwas davorgeschoben.
»Bernie«, sagt Til streng, »mach sofort auf!«
»Hau ab!«, schreit Bernie.
»Nein. Ich hau nicht ab. Ich will mit dir reden. Komm, wir spielen eine neue Partie.«
»Ich will nicht mit dir spielen! Lass mich in Ruhe!«
»Bernie, bitte, mach die Tür auf!«
»Nein! Hau ab!«
»Wir können das Spiel noch einmal aufbauen. Ganz ein-

fach. Ich habe die Züge noch im Kopf. Und dann machen wir da weiter, wo wir aufgehört haben.«
»Sag mal, bist du blöd? Ich habe gesagt, du sollst abhauen.«
»Bernie, mach die Tür auf! Was hast du vor die Tür geschoben? Sag es mir!«
»Gar nichts«, sagt Bernie.
Kitty sieht, wie sich Til mit aller Kraft gegen die Tür stemmt. Er bekommt einen roten Kopf von der Anstrengung, aber die Tür geht nicht auf und die Klinke lässt sich nicht herunterdrücken.
»Dieser Kerl hat einen Stuhl unter die Klinke geschoben. So was Blödes. Verdammt.«
Er schaut sich um. Der Flur ist leer.
Er rennt in das Schwesternzimmer, drückt auf die Sprechanlage, im nächsten Augenblick hört man seine Stimme über Lautsprecher. »Frau Dr. Goessel sofort auf Station zehn. Frau Dr. Gerber! Sofort auf Station zehn bitte!«
Als Til wieder herauskommt, sieht er, dass Kitty immer noch wie angewurzelt an derselben Stelle steht.
Er lächelt. »Mach dir keine Sorgen, das kriegen wir wieder in Ordnung! Echt. Kein Problem.«
»Und wenn er sich was antut?«, fragt Kitty.
»Der nicht. Das macht er nicht. Keine Angst.« Tils Blick fällt auf ihre bandagierten Handgelenke. Er wird rot. »Ich weiß, was du meinst. Aber Bernie ist anders. Geh am besten auf dein Zimmer, ja? Ich halte hier solange vor Bernies Zimmer Wache.«
Kitty nickt.
Wortlos dreht sie sich um und geht in ihr Zimmer zurück.

Sie hockt sich auf ihr Bett, schlingt die Arme um die Knie und versucht, an gar nichts zu denken.
Immer wieder hört sie in der Ferne das Hämmern gegen die Tür. Und Tils Stimme: »Bernie, komm, sei vernünftig! Mach auf!«
Sie will nicht an Bernie denken. Es interessiert sie nicht, was mit Bernie los ist. Sie weiß ja nicht einmal, was mit ihr los ist.
Warum ruft Sven nicht an, denkt sie. Wieso ruft er nicht an. Sie rollt sich auf dem Bett zusammen. Ihre Wunden jucken. Sie zerrt an dem Mullverband, bis sie die Wunde am rechten Handgelenk freigelegt hat. Sie kratzt die Kruste ab. Gelber Eiter. Nur ein Tropfen. Dann kommt schon frisches Blut. Sie wischt den Eiter am Taschentuch ab und drückt, bis mehr Blut kommt. Aber das Blut kommt nur langsam, sickert durch eine winzige Öffnung heraus. Alles andere ist schon verheilt.
Kitty leckt das Blut ab.
Als jemand an die Tür klopft, versteckt sie die Hände unter der Decke und stellt sich schlafend.
Plötzlich spürt sie, wie jemand sie anfasst. An der Schulter. »Kitty, wach auf!«
Kitty rollt sich langsam auf den Rücken. Sie öffnet die Augen.
Sharon ist da. Sie lächelt. Sie trägt einen ganz flauschigen gelben Pullover und blaue Plastikohrklipps, riesengroße Blumen. Sie sieht aus wie Biene Maja, denkt Kitty.
»Ich soll dich zum Professor bringen«, sagt Sharon, »deine Einzelstunde, du weißt schon.«

Kitty nickt. Sie richtet sich auf. Sie steht vom Bett auf und schlüpft in die Hausschuhe. »Fertig«, sagt sie.
»Willst du dir nicht wenigstens die Haare kämmen?«, fragt Sharon freundlich.
Kitty fährt sich mit der Hand durch die Haare. »Muss ich?«
»Na, ja, ich weiß nicht. Schau doch mal in den Spiegel! Wir müssen einmal durch den ganzen alten Flügel. Das Sprechzimmer des Professors ist im Vordergebäude. Gleich neben dem Eingang. Ich weiß nicht, ob du so durch das Krankenhaus gehen willst.«
Kitty geht zum Spiegel über dem Waschbecken und schaut sich an.
Es ist das erste Mal, dass sie sich im Spiegel anschaut, seit sie hier auf der Station ist. Sie weiß selbst nicht, warum sie nie in den Spiegel geschaut hat, nicht mal beim Zähneputzen. Aber vielleicht hat sie die Zähne ja gar nicht geputzt.
Sie starrt ihr Spiegelbild an. Ihre Haare sind ganz verfilzt, stehen senkrecht vom Kopf. Sie hat rote Flecken auf der Stirn. Und spröde aufgeplatzte Lippen. Sie sieht furchtbar aus.
Kitty starrt sich an. Dann dreht sie sich langsam zu Sharon um. »Wie sehe ich denn aus?«, flüstert sie.
Sharon lächelt. »Keine Ahnung. Wie siehst du denn sonst aus?«
Kitty gibt darauf keine Antwort. Sie kramt ihre Haarbürste aus dem Rucksack, der unten im Schrank liegt, und beginnt, zornig und wütend den Haarwust zu bearbeiten, während Sharon in der Tür wartet und mit dem Schlüsselbund klimpert.
Sie gehen zu der Tür, vor der Til und Bernie den Streit hat-

ten. Man sieht, wenn man genau hinsieht, noch die Spuren vom Marmeladeglas.
Kitty wartet neben Sharon, die umständlich den richtigen Schlüssel heraussucht. Die Tür hat oben ein kleines Glasfenster. Sharon schließt auf.
»Du zuerst«, sagt sie fröhlich.
Kitty tritt zum ersten Mal, seit sie auf die Psychiatrie gekommen ist, ins Treppenhaus. Sie kann sich nicht mehr erinnern, wie sie hierher gebracht wurde. Auf einer Trage? Oder war sie zu Fuß gegangen? Sie weiß es einfach nicht mehr. Vielleicht hat sie geschlafen. Oder war sie bewusstlos. Ohnmächtig. Sie schaut sich neugierig um.
Der Treppenflur riecht nach frischer Farbe. Die Wände sind hellgrün gestrichen. An der Fußleiste klebt noch das Krepppapier, mit dem die Handwerker die Kanten abgedeckt haben.
»Sieht gut aus, oder?«, sagt Sharon. »Mintgrün. Frisch und fröhlich. Ich hätte Gelb schöner gefunden, aber die Mehrheit hier war für Grün.«
Auf der anderen Seite gibt es eine Tür, die auch ein kleines Glasfenster hat. An der Tür ein Schild. »Psychiatrie, Männerstation«.
Die Tür ist verschlossen.
Kitty wartet, bis Sharon die Tür abgeschlossen hat, auf der »Jugendpsychiatrie, Station zehn« steht.
»So«, Sharon lächelt. »Jetzt rechts.«
Sie gehen zusammen den Flur entlang. Alle zehn Meter gibt es eine Holzbank. Und neben der Holzbank eine Grünpflanze. Sie gehen vorbei an Räumen, über denen kleine rote Lampen brennen. Als Sharon Kittys misstrauischen

Blick bemerkt, sagt sie leichthin: »Alles Untersuchungszimmer. Labors und so was.«
Kitty sagt nichts. Wieder eine Tür. Wieder schließt Sharon auf. Sie gehen hindurch. Sharon schließt wieder ab.
Sie kommen zu einem Treppenhaus. Das Geländer ist aus Holz, dunkelbraun. Die Treppen sind auch aus Holz, sehr abgewetzt. Sie haben sogar kleine Kuhlen, von den ewigen Schritten, seit Jahren, Jahrzehnten, vielleicht Jahrhunderten. Oben läuft eine Neonröhre an der gewölbten Decke entlang. Sie halten vor einer Glastür. Sharon sucht den richtigen Schlüssel und schließt auf, öffnet die Tür, lässt Kitty durchtreten, schließt die Tür, dreht den Schlüssel wieder um. Lässt den Schlüsselbund in ihrer Jackentasche verschwinden.
Sie legt den Arm auf Kittys Schulter. »Immer geradeaus.«
Kitty geht steif wie aufgezogen. Sie kommt sich wie ein Roboter vor, der tut, was man von ihm verlangt. Geht Wege, die sie nicht kennt. In Hausschuhen. Sharon hat gesagt, sie soll ihre Hausschuhe anbehalten. Vielleicht damit ich nicht abhaue, denkt Kitty. Sie hat sich den bunten Wollschal um den Hals geknotet.
Manchmal kommt ihnen ein Arzt entgegen. Ein Patient. Einmal auch eine Frau mit einem Blumenstrauß. Sehr bleich. Die Frau lächelt, als sie an ihnen vorbeigeht. Sharon grüßt freundlich.
Kitty sagt nichts, aber sie schaut sich nach der Frau um. Die Frau trägt eine taillenkurze Jacke aus weißem Webpelz. Sie hat enge Hosen und Plateauschuhe an.
Kitty denkt, wieso besucht Sven mich nicht. Hier kriegen die Leute doch Besuch.

»Wann ist eigentlich Besuchszeit?«, fragt Kitty.

»Oh, den ganzen Tag«, sagt Sharon fröhlich. »Früher hat man das ja genau geregelt, nur mittwochs und sonntags, zwei bis vier Uhr oder so. Aber heute kann man immer kommen innerhalb gewisser Tageszeiten. Besuche sind gut für die Patienten.«

Kitty sagt nichts.

Sie landen wieder an einer Tür. Kitty bleibt automatisch stehen.

Sharon fragt: »Was ist los?«

Als Kitty sie ansieht, lacht Sharon. »Ach so, du denkst, ich muss erst aufschließen? Hier sind die Türen nicht mehr abgesperrt. Hier kann man einfach durchgehen. Bis zum Ausgang.«

Bis zum Ausgang, denkt Kitty.

Wieder kommen ihnen Besucher entgegen. Ein Mann, der einen Plastiktransporter im Arm hält. Bestimmt will er seinen Sohn besuchen, denkt Kitty. Und dann kommt eine alte Frau, sie hat eine Handtasche über dem Arm, aus der Handtasche lugt ein Geschenk, in buntes Papier gewickelt.

Kitty dreht sich um und sieht den Besuchern nach.

»Auf unserer Station«, sagt Sharon, »ist das anders. Da kann man nicht kommen und gehen, wie man will. Bei uns ist alles geregelt. Besuche und Ausgang.«

»Ausgang?« Kittys Kehle ist ganz trocken. »Gibt es das auch?«

»Natürlich«, sagt Sharon fröhlich, »das wird gestaffelt. Der Professor bestimmt das. Manche bekommen eine halbe Stunde Freigang und dürfen sich auf dem Krankenhausgelände bewegen, andere eine oder zwei Stunden und könne sich mit ihrer Familie draußen aufhalten. Kaffee trinken oder so. Und wenn es richtig bergauf geht, dann hat man sogar ein ganzes Wochenende Urlaub.«

Kitty sagt nichts. Sie spürt Sharons aufmerksamen Blick. Sie hält den Kopf gesenkt. Sie müssen wieder eine Treppe nach oben steigen und dann sagt Sharon, indem sie auf eine braune Tür deutet. »Da ist es.«

An der Tür steht:

»Professor Dr. Wolfgang Neugebauer

Jugendpsychiatrie

Direktor. Anmeldung«

17. Kapitel

Das Sprechzimmer von Professor Neugebauer hat die Größe eines Tanzsaales.

Die Wände sind halbhoch getäfelt, dunkles Holz. An einer Seite ein Bücherregal mit dicken, überdimensional großen Fachbüchern. Auf dem Schreibtisch gibt es eine Elefantensammlung. Elefanten aus Holz, Stein und Keramik. Die Fenster schauen in einen Park mit hohen blattlosen Bäumen. Die Fenster sind nicht vergittert. Das ist das Erste, was Kitty auffällt, als Sharon sie sanft durch die Tür in das Sprechzimmer schiebt.

Professor Neugebauer, im weißen, frisch gestärkten Kittel, sitzt am Schreibtisch und macht Notizen.

Er schaut nur kurz auf, als Kitty in der Tür steht. Lächelt. Deutet auf eine Sitzgruppe um einen runden Holztisch, auf dem ein Blumentopf mit einem Alpenveilchen steht.

»Nimm Platz, ich bin gleich so weit!«

Kitty geht mit steifen Schritten zum ersten Sessel und lässt sich vorsichtig auf der Sesselkante nieder. Sharon lächelt aufmunternd. Aber Kitty kann das Lächeln nicht erwidern. Sie hat einen sauren, ekligen Geschmack im Mund. Die Augen brennen und überhaupt ist ihr schlecht. Ganz übel, seit sie neben Sharon durch dieses Krankenhaus gewandert ist. Ein uraltes Haus mit hohen Räumen und Fluren, Kreuzgängen wie in einem Kloster, an den Wänden Ölgemälde, die alle nur ernst und finster blicken-

de Männer zeigen. Alles Professoren, hat Sharon erklärt, alles berühmte Ärzte des Krankenhauses.
Kitty ist eingeschüchtert, als sie endlich das Büro des Professors erreicht haben. Eingeschüchtert und stumm.
Sie sitzt, die Hände zwischen den Knien, und wartet.
Der Professor schreibt. Kitty spürt die Kälte ihrer Finger. Es ist ihr unangenehm, aber sie weiß nicht, wohin sonst mit den Händen.
Sie ist plötzlich froh, dass sie ihre Haare gekämmt hat.
Sharon räuspert sich. »Herr Professor?«
»Ja?« Er dreht sich mit einem freundlichen Lächeln um.
»Wollen Sie mich bei dem Gespräch dabeihaben? Oder rufen Sie mich, wenn ich Kitty wieder abholen soll?«
Der Professor wirft Kitty einen langen Blick zu. Seine Augen sind freundlich, aber aufmerksam. Er mustert sie. Kitty spürt, dass sie rot wird. »Ich denke, wir sagen Bescheid, wenn wir fertig sind. Sie haben sicher noch etwas anderes zu tun.«
»Danke«, sagt Sharon. »Ich geh dann auf die Station zurück. Tschüss, Kitty.«
Kitty schluckt. Sie muss sich erst räuspern, bevor sie Tschüss sagen kann.
»Gleich hab ich für dich alle Zeit der Welt.« Der Professor zwinkert ihr zu und beugt sich wieder über seine Arbeit.
Er trägt irgendetwas von einem großen Bogen in ein kleines Buch ein. Vielleicht Termine, vielleicht irgendeine Krankengeschichte. Oder die Fußballergebnisse, denkt Kitty.
Sie schaut aus dem Fenster. Sie versucht herauszufinden, welcher Park das ist, in den sie schaut. Auch ein In-

nenhof? Oder ein Park, der gar nicht mehr zum Krankenhauskomplex gehört?
Sie beugt sich ein wenig zur Seite. Man erkennt eine niedrige Mauer. Ein kleines Kind kann sie erklettern. Darauf ein schmiedeeisernes Geländer. Auch kinderleicht. Dahinter die Freiheit. Die Stadt. Busse. Autos. Geschäfte. Das Einkaufszentrum. Kinos. Sven. Kinderleicht.
»Also«, der Professor schwenkt seinen Sessel herum. »Nun zu dir, Katharina. Wirst du so genannt? Katharina?«
»Kitty«, sagt Kitty.
»Ah. Kitty. Das ist Englisch für Kätzchen. Weißt du das?«
»Klar«, sagt Kitty, »wir haben Englisch seit der fünften Klasse.«
»Du gehst auf die Realschule an der Nordstraße?« Der Professor wirft immer einen kurzen Blick auf einen Zettel, den er in der Hand hält. Da steht offenbar alles drauf, denkt Kitty, was man über mich wissen muss. Mein ganzes Leben auf einem kleinen Zettel. Toll.
»Ist das eine schöne Schule?«, fragt der Professor. »Ich frage nur, weil ich da noch nie war. Wir hatten auch noch nie einen Patienten aus dieser Schule.«
»Sie ist normal.« Kitty zuckt mit den Schultern. »Nichts Besonderes.«
Der Professor steht auf. Er legt den Zettel auf den Schreibtisch, zieht seinen Kittel aus, hängt ihn über seinen Stuhl, nimmt den Zettel und kommt zu Kitty an den Tisch. Er trägt einen Rollkragenpulli und Flanellhosen. Schwarze Schuhe. Er setzt sich Kitty gegenüber, schlägt die Beine übereinander. Kitty betrachtet seine Bügelfalte.
»Schule also normal«, sagt der Professor, der sie nicht

aus den Augen lässt. »Das ist schön.« Er beugt sich vor, streckt die Hände aus. »Darf ich deine Arme mal sehen?«
Zögernd streckt Kitty ihm ihre Arme hin. Er schiebt behutsam den Pulli zurück bis zum Ellenbogen, dreht die Innenfläche ihrer Hände nach außen, schaut die Arme an. Um die Handgelenke die Mullverbände.
Er drückt auf die Arme, die kleinen grünen und blauen Stellen.
»Noch etwas geschwollen.« Er schaut sie an.
Kitty sagt nichts.
»Ich hatte gehofft, es würde schneller heilen. Aber es dauert wahrscheinlich. Und du hast ein bisschen daran herumgekratzt, oder?«
Kitty zuckt mit den Achseln.
»Okay. Jetzt reden wir einfach, ja?«
Kitty sieht an ihm vorbei. Sie weiß, er möchte, dass sie ihm in die Augen sieht, aber das schafft sie nicht.
»Kannst du mir sagen, warum du manchmal den Wunsch hast zu sterben?«
Kitty schüttelt den Kopf.
Der Professor lächelt sanft. »Doch, doch, das weißt du bestimmt. Komm, versuch, dich zu erinnern! Du hast einmal das Wort Angst gebraucht. Kannst du dazu etwas sagen?«
Kitty schließt die Augen. Öffnet sie wieder. Auf dem Tisch steht ein Alpenveilchen. Die Blüten sind rosa, manche fast weiß. Sie stehen ganz eng nebeneinander. Die Blätter sind dick, wie aus Samt. Das Alpenveilchen steht in einem blauen Keramiktopf. Der Topf steht auf einem weißen Spitzendeckchen. Neben dem Deckchen ein Kristallaschenbecher. Neben dem Aschenbecher eine Streichholzschachtel.

»Lass dir ruhig Zeit«, sagt der Professor, »uns drängt nichts! Absolut gar nichts.«
Kitty schluckt. Sie zupft an ihrer Mullbinde herum, bis sie den Blick des Professors spürt und aufhört.
»Ich glaube«, sagt sie zögernd, »das war einen Tag, bevor ich dreizehn wurde. Einen Tag vor meinem Geburtstag.«
Der Professor nickt. »Und?«
»Ich weiß nicht. Ich hatte auf einmal keine Lust, dreizehn Jahre alt zu werden.«
»Weißt du noch, warum nicht?«
»Es war nicht die Dreizehn. Es war Geburtstag überhaupt. Ich dachte, morgen ist mein Geburtstag und dann wieder einer und wieder einer. Immerzu wecken sie dich und singen dir ein Lied ins Ohr.«
»Das mochtest du nicht?«
»Ich weiß nicht. Es war mir egal.«
Kitty schaut den Professor an. Er hat sanfte hellblaue Augen. Sein Gesicht strahlt eine wunderbare Ruhe aus. Er schaut sie an, als könne er sie verstehen. Als könne er alles verstehen.
»Wolltest du wirklich Schluss machen oder hast du nur mal so ein bisschen rumprobiert?«, fragt der Professor.
Kitty denkt nach. Sie versucht, sich zu erinnern. Ihr Zimmer. Der Teddy. Die Stimmen ihrer Eltern aus dem Wohnzimmer. Die Stimme ihrer Mutter. Dann ihr Vater. Der Fernseher. Alles wie immer. Die Waschmaschine läuft mit einem Ruck an.
Kittys Bett ist durch eine Wand von der Küche getrennt. Direkt neben der Waschmaschine schläft sie. Sie hat sich zum Geburtstag einen Hund gewünscht. Aber sie weiß,

dass sie keinen Hund bekommt. Dann eine Katze, hat sie zu ihrer Mutter gesagt. Aber ihre Mutter ist gegen Katzenhaare allergisch.

Ein Kaninchen?

Und wo soll das wohnen?

Bei mir, hat Kitty gesagt.

Und wer macht den Dreck weg?

Kaninchen machen keinen Dreck, hat Kitty gesagt.

Wozu brauchst du überhaupt ein Kaninchen?

Zum Liebhaben.

Dafür, hat der Vater gesagt, hast du doch uns.

Sie wusste, dass sie keinen Hund bekommen würde. Keine Katze. Kein Kaninchen. Überhaupt kein Tier. Sie wusste es schon lange. Sie hatte sich mit der Enttäuschung schon abgefunden.

»Ich glaube«, sagt Kitty, als der Professor sich räuspert, »ich habe das nur so gemacht, aus Quatsch. Langeweile oder so.«

Der Professor nickt freundlich, als würde er das verstehen. Aber kann er so was verstehen?

»An deinem dreizehnten Geburtstag«, sagt der Professor, »wolltest du also einfach mal Quatsch machen.«

Kitty weicht seinem Blick aus.

»Oder?« Er fragt noch mal nach. Also glaubt er ihr nicht.

Kitty zuckt mit den Achseln. Sie würde jetzt gerne gehen. Sehnsüchtig schaut sie zur Tür. Der Professor kann offenbar Gedanken lesen, er sagt: »Wir haben noch ganz viel Zeit, Kitty. Eine Stunde. Vielleicht reden wir lieber über etwas anderes. Etwas Leichtes. Die Schule.«

Kitty runzelt die Stirn. Als wenn es leichter wäre, über die Schule zu reden.

»Im letzten Jahr, sagt deine Lehrerin, bist du nur sehr selten zur Schule gegangen.«

Kitty erwidert nichts. Presst die Hände zwischen die Knie und wartet.

»Gibt es einen besonderen Grund?«

Kitty schüttelt den Kopf. »Nein, keinen besonderen Grund.«

»Aber richtig gern hast du Schule nicht gemocht?«

»Es geht so«, murmelt Kitty.

»Deine Zensuren waren aber nicht schlecht, hat deine Mutter gesagt, immer so im mittleren Drittel.«

»Wenn sie das gesagt hat.« Kitty schaut aus dem Fenster. Die Mauer ist wirklich niedrig. Kinderleicht. Die Gitterstäbe auf dem Zaun auch. Sie hat gesehen, wo es zum Ausgang geht. Da gab es große Pfeile an den Wänden. »AUSGANG« stand da. Sie braucht nur diesen Pfeilen zu folgen.

Wenn sie hier rauskommt, muss sie keine Fragen mehr beantworten. Sie will keine Fragen beantworten, sie will nicht, dass jemand mit ihr redet, sie will allein sein. Man soll sie in Ruhe lassen.

»Aber vielleicht gab es einen Lehrer, mit dem du dich nicht verstanden hast? Oder einen Klassenkameraden, mit dem du Streit hattest? Vielleicht hat dich auch jemand bedroht?«

Kitty schaut den Professor an. Mit leeren, großen Augen. Sie schweigt. Sie hat sich vorgenommen, gar nichts zu sagen.

»Oder hat es mit dem Klassenzimmer zu tun gehabt? Mit dem Geruch des Zimmers? Manche Kinder sagen, der Geruch ist so schlimm. Oder der Lärm. Das Geschrei der anderen Kinder. Hast du Kopfschmerzen gehabt in der Schule?«

Kitty nickt. Sie erinnert sich an das Glühen in ihrem Kopf. An dieses Feuer in ihrem Kopf, das kaum auszuhalten war. Aber wenn sie ihre Hände an das Gesicht legte, waren die Wangen eiskalt. Das hat sie nie verstanden.

»Es war wegen der Maden«, sagt sie plötzlich. »Die sind so eklig.«

»Maden?« Der Professor lächelt. Er beugt sich vor. Er fixiert Kitty. »Wo hast du Maden gesehen?«

»Hinter der Wandtafel«, sagt Kitty.

»Erzähl! Ich habe davon noch nichts gehört.«

Es hatte im Herbst angefangen. Als sie diese Mathearbeit in den Sand gesetzt hatte. Immer, wenn Kitty an die Tafel musste, die Tafel aufklappen, klebten in den Ritzen die Maden. Und wenn Kitty die Kreide aus dem Fach nahm, wuselten die Maden herum.

Im Schwamm waren sie, überall, krochen blitzschnell aus den Ritzen und verteilten sich. Liefen über die Zimmerdecke, hinter den Schrank, über den Fußboden. Manchmal ist sie auf eine Made getreten. Unter der Sohle war nachher ein gelber Fleck. Sie hat die Kreide einfach fallen gelassen, als sie merkte, dass auch an der Kreide die Maden waren. Sie war wie starr vor Schreck. Vor Ekel. Der Lehrer hat sie angestarrt. »Was ist los«, hat er gesagt, »komm, mach weiter!«

Aber sie konnte nicht. »Was hast du denn?«, hat der Lehrer gefragt.
Kitty hat auf die Maden gezeigt und sich gewunden vor Ekel. Sie hat richtig Krämpfe bekommen. Dabei war sie fast froh gewesen über die Maden. Jetzt wusste sie wenigstens, wovor sie solche Angst hatte.
Der Lehrer hat sich gebückt, die Kreide aufgehoben und sie ihr wieder in die Hand gedrückt. Kitty hat geschrien. Der Lehrer hat sie vor die Tafel geschoben und gesagt: »Also, das ist doch ganz einfach. Schreib einfach!«
Aber sie konnte nicht. Die Tafel war voller Maden. Sie konnte nicht. Sie ist aus der Klasse gerannt und hat sich versteckt. Im Waschraum. Hat auf dem Klo gesessen, die Augen ganz fest geschlossen. Bis jemand an die Tür geklopft hat. Dann ist sie aufgestanden, hat die Spülung gezogen und ist an dem anderen Schüler vorbei nach draußen gerannt.
»Was war denn so schlimm in der Schule?«, fragt der Professor noch einmal.
Kitty senkt den Kopf. »Nichts«, murmelt sie.
»Nur die Zensuren. Ich hasse es, dass man für alles Zensuren bekommt. Und dass man den Eltern die Noten zeigen muss. Was geht es die an, ob man gut oder schlecht ist?«
»Haben deine Eltern sich um deine Schularbeiten gekümmert?«
»Manchmal«, sagt Kitty. »Sie wollten nur sicher sein, dass ich keine schlechten Noten schreibe.«
»Das hast du ja auch nicht.«
»Nein«, sagt Kitty, »aber auch keine guten.«

Sie denkt daran, wie sie die Noten gefälscht hat, wie sie ihren Aufsatz noch einmal geschrieben hat. Wie sie sich einen roten Tintenkuli gekauft hat und die Schrift ihres Lehrers nachgemacht hat. »Schöne Arbeit«, hat sie in einer fremden Schrift, an der sie lange geübt hat, geschrieben, »weiter so, Katharina.«
Oder die Matheaufgaben. Sie hat für ihre Eltern die ganze Arbeit noch einmal geschrieben. Ein paar Fehler übernommen, ein paar weggelassen. So, dass am Ende eine glatte Drei herauskam. Es war ihrem Vater besonders wichtig, dass sie in Mathe nicht schlecht war. »Das ist doch nur so ein Vorurteil«, hat ihr Vater immer gesagt, »dass Mädchen von Mathe nichts verstehen. Du bist die Tochter deines Vaters. Und der hat Mathe geliebt. Logisch und babyleicht, das ist Mathematik, wenn man sich nur einmal Mühe gibt, diese Logik zu verstehen. Ich weiß, dass du gut in Mathe bist.«
Deshalb hat sie ihm den Gefallen getan und immer eine Drei bekommen. Sie wollte ihren Vater nicht enttäuschen. Dem Lehrer hat sie die andere Arbeit gezeigt, mit der Unterschrift ihres Vaters, die sie auch gefälscht hatte. Monatelang hatte sie die Unterschriften ihrer Eltern geübt. Sie konnte schreiben wie ihre Mutter, genau mit dem langen Bogen über dem S und dem Haken für das r. Ihre Eltern waren immer enttäuscht, wenn die Zensuren nicht gut genug waren. Ihre Mutter sagte nichts, bekam aber schmale Lippen und hatte abends keine Lust, ins Kino zu gehen. Weil sie so enttäuscht war. »Wir möchten es doch nur für dich«, sagte sie immer, »damit du es später einmal besser hast, dir eine

schöne Wohnung leisten kannst, Urlaub, wohin du willst. Mexiko. Amerika.«

Kitty wollte nie nach Mexiko, aber das sagte sie ihren Eltern nicht.

An ihrem Geburtstag im Februar gab es Zeugnisse. Kitty wusste schon vorher, was passieren würde. Das Zeugnis war schlecht. Viel schlechter, als die Eltern erwarten konnten nach den Klassenarbeiten.

Deswegen hatte sie ein Zeugnisformular geklaut. Aus dem Lehrerzimmer. Das war sehr schwierig gewesen. Sie hat vorher eine Woche lang nicht schlafen, nicht essen und an nichts anderes denken können. Aber es hatte geklappt, nur sah das Zeugnis nachher aus wie gefälscht. Sie musste es zerreißen und verbrennen.

Sie ist mit dem richtigen Zeugnis nach Hause gekommen und hat es wortlos ihren Eltern auf den Tisch gelegt. Die Eltern haben nichts gesagt. Sie hat in ihrem Zimmer gewartet. Und dann ist ihr Vater gekommen und hat ganz ruhig und sanft gesagt: »Du weißt, dass du uns sehr enttäuscht hast.«

Sie hat nur genickt, stumm. Es war ihr vierzehnter Geburtstag.

Es gab keinen Kuchen, keine Kerzen. Die Geschenke ja, weil sie schon gekauft waren. Aber keine Feier. Dabei wünschte sie sich nichts sehnlicher als ein schönes Geburtstagsfest mit ganz vielen Leuten aus ihrer Klasse. Jeder sollte ein kleines Geschenk bekommen und seine Lieblingsspeise. Sie wollte die CD besorgen, die jeder gern hörte. Sie kannte den Geschmack von fast allen aus ihrer Klasse, aber ob die überhaupt gekommen wären?

Die wussten ja gar nichts. Die dachten ja alle, dass Kitty arrogant und blöde war, weil sie nicht mit ihnen redete.
»Deine Mama ist sehr traurig«, hat ihr Vater gesagt, und als Kitty nichts erwidert hat, hat er gesagt: »Das ist dir wohl egal.«
Kitty hat nur hilflos den Kopf geschüttelt.
»Also«, hat ihr Vater gesagt, »dann weißt du ja, was jetzt passiert.« Er hat stumm ihre Schultasche genommen, hat sie gefragt, ob da alle Bücher und Hefte drin sind, die sie braucht. Hat sie gefragt, ob sie einen angespitzten Bleistift, einen Kugelschreiber und genug Papier habe, und dann ist er vor ihr hergegangen durch den Flur zur Wohnungstür. Er hat die Tür aufgemacht, ihre Mutter hat in der Küche gesessen, über dem schlechten Zeugnis. Er ist die Treppe heruntergegangen und hat die Kellertür aufgemacht. Dann ist er vor ihr die Stufen hinunter, hat wieder eine Tür aufgemacht und dann hat er sie in ihren Keller geführt. Der Keller, den sie mit der Wohnung gemietet hatten.
Und dann hat er gesagt: »So, an dieser Hobelbank hast du genau Platz für deine Bücher, deine Notizen, die Arbeitshefte. Hier stört dich keiner. Hier kannst du dich ganz auf deine Mathematikaufgaben konzentrieren. Dieser Keller hat einen Schlüssel. Aber ich schließe dich nicht ein. Du weißt, dass ich so etwas nie tun würde. Ich vertraue auf deine Vernunft, deine Einsicht. Du weißt, dass ich nur das Beste für dich möchte. Konzentriere dich, arbeite schnell und ehrgeizig, und wenn du die Aufgaben gelöst hast und weißt, dass du gut vorbereitet bist für die nächste Mathematikklausur, dann kommst du einfach wieder rauf. Wir üben keine Gewalt aus, Kitty. Das haben wir nie getan.

Wir vertrauen darauf, dass du freiwillig das tust, was wir von dir erwarten.«

Kitty hat nur dagestanden. Auf die Hobelbank gestarrt. Ihr Vater wartete, dass sie etwas sagte. Aber sie schwieg.

Schließlich hat ihr Vater sich geräuspert. »Willst du nicht irgendetwas sagen?«

»Was denn?«, hat Kitty gefragt.

»Nun. Vielleicht wird dir jetzt klar, dass du etwas ändern musst, dass es so nicht weitergeht. Vielleicht möchtest du mir versprechen, dass du dir von jetzt an wirklich Mühe gibst. Ich weiß mir sonst keinen Rat.«

Kitty hat ihren Vater nicht angesehen. Das hat ihn fertiggemacht.

»Schau mich wenigstens an!«, hat er gebettelt.

Kitty hat sich schließlich zu ihm umgedreht. Ihre Augen waren kalt wie Eis.

»Was ist nur mit dir los, Kind?«, hat ihr Vater geflüstert. »Was hast du nur? Warum verschließt du dich so? Was haben wir dir getan?«

»Ich hab nicht gesagt, dass ihr mir was getan habt.«

»Nein? Hast du nicht gesagt? Aber dein ganzes Betragen ist ein einziger Vorwurf! Spürst du nicht, wie weh uns das tut?«

»Nein«, sagt Kitty, »das spüre ich nicht.«

»Was, was spürst du denn?« Ihr Vater hat fast geschrien, so verzweifelt, so hilflos ist er gewesen. So ausweglos war alles.

»Ich spüre gar nichts«, hat Kitty geantwortet. »Nichts.«

Ihr Vater hat geschluckt. Sich den Schweiß von der Stirn gewischt. Und schließlich hat er genickt. »Gut«, hat er ge-

sagt. Und immer wieder wie zu sich selbst, um sich Mut zu machen: »Gut. Gut. Gut.«
Und dann hat er die Tür hinter sich zugezogen.
Eine Eisentür. Ein scheppperndes Geräusch. Und es war vollkommen still in dem Keller gewesen. Es hat nach Staub und Moder gerochen. Nach diesen Keimlingen der Kartoffeln und nach faulen Äpfeln.
Dort stand die Hobelbank, groß und klobig, mit einem Lappen abgewischt. Davor der alte Drehstuhl. Alles war für sie hergerichtet. Kitty fragte sich, wie lange ihr Vater daran gearbeitet hat, aus dem Keller ein Studierzimmer zu machen.
Sie setzte sich an die Hobelbank, schlug die Hefte auf und versuchte, sich auf die Formeln zu konzentrieren. Dabei lauschte sie angespannt auf jedes Geräusch. Es gab kein Fenster, aber man hörte das Dröhnen der Laster, die vorbeifuhren. Und manchmal rauschte es in der Wasserleitung, wenn jemand im Haus die Klospülung zog. Und dann gluckerte es in dem Abflussrohr und Kitty dachte, gleich gluckst das eklige, dreckige Wasser da raus. Aber das passierte nie.
Zwei Stunden später ist sie mit ihren Hausarbeiten wieder in die Wohnung zurückgekehrt.
Ihre Eltern hatten Tee getrunken und nebeneinander auf dem Sofa gesessen. Ihre Mutter war kreidebleich, aber ihr Vater hat streng gefragt: »Und? Wie ist es?«
»Alles fertig«, hat Kitty gesagt und ihre Hefte gezeigt.
Der Vater hat gelächelt und zu Kittys Mutter gesagt: »Siehst du, es war doch eine gute Idee.«
Da hat sie also gesessen, Vokabeln gelernt, Geschichte,

Biologie. Grammatik. Algebra. Alles Mögliche. In diesem Keller, der nicht kalt war und auch nicht feucht. Aber der nach Staub gerochen hat. Nach alten vergessenen Sachen. Altem Leder, Autoreifen, Kartoffeln. Da war das Bord mit den Äpfeln. Die staubigen Weckgläser.
Der Vater stellte sie jedes Mal neben den Drehstuhl an der Werkbank ab, knipste das Licht ein (eine 100-Watt-Glühbirne, die an einem Kabel von der Decke baumelte) und sagte: »Wenn du fertig bist, kommst du einfach wieder rauf.«
Kitty sagte nichts. Setzte sich auf den Drehstuhl, den Kopf in die Hände gestützt, und starrte vor sich hin.
Auf die Hobelspäne, die überall herumlagen. Das Häufchen Hobelspäne auf dem Tisch, schön zusammengefegt, und das andere Häufchen zu ihren Füßen, auch schön zusammengefegt.
Sie tat nichts. Hörte kein Geräusch, tastete ihre Bücher nicht an. Hier unten, hinter der eisernen Kellertür, war es vollkommen still.
Sie starrte so lange auf die Hobelspäne, bis sie lebendig wurden. Lauter kleine holzfarbene Maden. Würmer, Tausendfüßler, gelblich weiß, mit flinken, winzigen Füßen.
Sie wuselten über- und untereinander, ein Haufen Würmer und Maden, die sich schließlich in Bewegung setzten, auf ihre Arme zu, ihre Finger. Kitty nahm die Finger von der Holzplatte und verschränkte sie vor dem Bauch. Die Maden krochen an der Werkbank herunter und schoben sich in ihre Schultasche. Kitty sah es, aber sie konnte nichts tun.
Sie saß und starrte.
Einmal als ihr Vater kam, um nach ihr zu sehen, weil sie

so lange unten geblieben war, nahm er die Schultasche und fragte: »Hast du sie überhaupt angerührt?«
»Da sind Würmer drin«, sagte Kitty.
Der Vater starrte sie ungläubig an, öffnete die Tasche und schaute hinein. »Keine Würmer.«
»Doch«, sagte Kitty.
»Dann zeig mir die Würmer!«
Er hielt die offene Schultasche unter ihre Nase und Kitty begann zu schreien. So laut, dass die Nachbarn im Treppenhaus zusammenliefen.
Der Vater machte schnell das Licht aus und ging mit ihr in die Wohnung zurück.
»Was hast du denn?«, fragte Frau Franzenburg, die Nachbarin.
»Ach, sie sieht nur Gespenster«, sagte der Vater.
»In dem Alter gibt es so was«, sagte Frau Franzenburg. Kitty schaute Frau Franzenburg an. Die lachte. Ganz freundlich. Kitty überlegte, ob sie vielleicht mal mit ihr sprechen sollte, ob die auch so etwas erlebt hatte, als sie ein Mädchen war. Aber die Franzenburgs waren plötzlich weggezogen und jetzt wohnte da ein alter knurriger Mann, der eine Gehhilfe brauchte.
Und die Gelegenheit war vorbei.
»Kitty«, sagt der Professor sanft, »woran denkst du die ganze Zeit? Wieso sagst du nichts?«
Kitty zuckt zusammen. Sie blickt auf. Sie bemerkt, dass der Professor aufgestanden ist. Er steht jetzt am Fenster. Er spielt mit einem Ball, einem weichen Schaumgummiball, den er immer in der Hand knetet. Kitty fixiert den Ball.

»An was denkst du, wenn du diesen Ball siehst?«, fragt der Professor.

»An einen Ball«, sagt Kitty.

»Hier, fang!« Der Professor wirft ihr den Ball zu. Kitty will ihn fangen, aber sie verpasst ihn.

»Willst du ihn nicht aufheben?«, fragt der Professor.

»Doch«, sagt Kitty. Sie hebt den Ball auf. Er ist so weich, dass man ihn fast zu einem Nichts zusammendrücken kann.

»Woran erinnert dich so ein Ball?«, fragt der Professor.

»Ich weiß nicht. An einen Ball«, sagt Kitty.

»Klar. Es ist ja auch ein Ball. Aber er hat eine besondere Konsistenz, oder?«

»Ich verstehe nicht, was das sein soll«, sagt Kitty.

»Nun, er ist ganz weich.«

»Ja«, sagt Kitty, »stimmt.«

»Findest du das angenehm oder unangenehm?«

»Ich weiß nicht«, sagt Kitty, »ein bisschen eklig.«

Der Professor schaut sie an. Er streckt die Hand aus und Kitty kann den Ball zurückgeben.

»An dem Tag vor deinem Geburtstag war also nichts Besonderes passiert? Irgendetwas, das anders war als sonst?«

Kitty schüttelt den Kopf.

»Und diese Verletzungen, ich meine, dieser Versuch, die Arme aufzuschneiden, womit hast du das gemacht?«

»Mit einer Säge«, sagt Kitty.

»Mit einer Säge?«, wiederholt der Professor ungläubig.

Kitty nickt.

Der Professor legt den Ball wieder auf die Fensterbank, verschränkt die Arme.

»Wo hast du die Säge denn gefunden?«

»Ich habe sie nicht gefunden«, sagt Kitty, »sie war ja immer da. Ich habe sie ja immer gesehen.«

»Ach«, sagt der Professor, »erzähl doch!«

»Ich weiß nicht, was ich erzählen soll.«

»Nun, wo die Säge gelegen hat.«

»Die hat nicht gelegen. Sie hat an der Wand gehangen.«

»Bei euch zu Hause?«, fragt der Professor.

Kitty nickt.

»Und wo da?«

»Im Keller«, sagt Kitty. »Über der Werkbank von meinem Vater. Wo das andere Werkzeug auch hängt.«

»Und du hast an der Werkbank gearbeitet?«

»Ja, Schularbeiten.« Kitty steht auf. Ihr ist kalt. Sie wünscht sich auf einmal zurück in ihr Zimmer. Zurück auf die Station, da ist es warm, da riecht es abends nach heißem Kakao. Da hört man das Lachen der Zivis und der jungen Schwestern. Musik. Plötzlich denkt sie an lauter schöne Dinge, die es auf ihrer Station gibt.

Der Professor verfolgt sie mit den Augen. Kitty geht zur Tür.

»Du möchtest nicht mehr reden?«, fragt er sanft. »Darüber, wie du dich in dem Keller gefühlt hast?«

Kitty bleibt stehen, schüttelt den Kopf.

»Und wo willst du hingehen?«, fragt der Professor.

»Zurück auf die Station.« Kitty dreht sich um. Sie schaut dem Professor in die Augen. »Bitte. Darf ich zurück auf die Station?«

Der Professor begleitet sie zurück auf ihre Station. Türen werden aufgeschlossen, hinter ihnen wieder zugesperrt.

Beide gehen schweigend nebeneinanderher. Der Professor hat die Hände tief in seinen Kitteltaschen vergraben. Kittys Arme hängen schlapp herunter. Ihr Kopf ist gesenkt. Sie hat Füße wie Blei an diesem Tag.
Auf einmal, an einem Fenster, bleibt der Professor stehen. »Schau«, sagt er, »blauer Himmel«, und lächelt. »Ich wette, die Vögel singen im Garten.«
Kitty hebt gleichgültig die Schultern.
»Manchmal«, sagt der Professor, »singt hier die Nachtigall. Vielleicht ist es auch eine Lerche. Der alte Scherz aus Romeo und Julia. Hast du den Film gesehen? Der war schön.«
Kitty reagiert überhaupt nicht. Schaut in den Innenhof, die Bäume, die Gräser, das alte Laub.
»Ich habe Vögel gern«, sagt der Professor. »Den Gesang der Vögel. Hat mich als Kind schon begeistert. Wie geht es dir?«
»Ich weiß nicht«, sagt Kitty. Plötzlich fällt ihr etwas ein. »Doch. Ich mag Vögel auch. Sie fressen Würmer. Und Maden. Genau. Ich mag Vögel.«
Sie spürt wieder diesen eindringlichen, forschenden Blick. Der Professor schiebt sie sanft vor sich her und schließt dann eine Tür auf, die in den Innenhof führt. Der Himmel über ihnen ist wie Seide. Und es riecht nach Frühling. Und die Vögel singen wirklich.
»Erzähl mir von den Würmern und Maden!«, sagt der Professor, als er sie zu einer Bank führt.
Kitty schaut auf einen Vogel, der in den Ästen der Forsythie herumspringt. Und sie muss an den Specht denken, der immer mit seinem harten Schnabel gegen die

Baumrinde hackt, damit die Maden herauskommen. Und er sie fressen kann. Ein schöner bunter Vogel, so ein Specht.

»Es war immer im Keller.« Kitty spricht langsam, so als mache es ihr Mühe zu reden. Sie lässt den Vogel nicht aus den Augen. Folgt ihm überallhin, von Ast zu Ast. »Ich war da nicht eingesperrt. Das würde mein Vater nie tun. Aber ich musste da sitzen. Nachmittags. Und da sind sie gekommen.«

»Die Maden? Die Würmer?«

»Die Maden. Ich weiß nicht, woher sie gekommen sind, aber plötzlich waren sie da . . .« Kitty redet eine Stunde lang und der Professor hört zu.

18. Kapitel

Am Sonntagnachmittag, als alle zusammen im Aufenthaltsraum sind und Scrabble spielen, kommt die Oberärztin herein und verkündet: »Kitty geht ab Montag auch in die Schule. Vergesst nicht, sie mitzunehmen!«
Kitty erschrickt. Alle drehen sich zu ihr um. Kitty hat mit Sharon ein Puzzle gelegt. Ein Schloss mit vielen Türmen und Erkern.
Sie sind schon fast fertig, nur eine Ecke fehlt noch. Der Himmel, das ist besonders schwer.
Die Oberärztin geht zu Kitty. »Du bist mit Andreas und Ulla in einer Klasse.« Sie deutet auf Andreas. »Ich bin sicher, es wird dir Spaß machen.«
Andreas sagt nichts. Er hat die Hände an den Kopf gestützt und starrt auf das Schachbrett. Er spielt mit einem Zivi Schach. Der Zivi ist erst vor drei Tagen auf die Station gekommen. Und Andreas hat sofort beschlossen, dass er ihn mag. Seitdem kann der Zivi keinen Schritt gehen ohne Andreas im Schlepptau.
»Du sagst ja gar nichts dazu, Kitty«, meint die Ärztin.
Kitty schiebt mit einer einzigen Handbewegung das Puzzle vom Tisch. All die kleinen Pappteilchen fallen auf den Boden, durcheinander.
Sharon ruft: »Mensch! Bist du verrückt!«
»Ja!«, schreit Kitty, »ja, ich bin verrückt!«
Sie rennt aus dem Zimmer, den Flur entlang, in ihr Zim-

mer, wirft sich auf das Bett in ihre Sachen und vergräbt den Kopf in ihren Armen.
Sie hört die Schritte der Oberärztin. Frau Dr. Goessel trägt immer Schuhe, die Krach machen. Sie setzt sich auf Kittys Bettrand, streicht die zuckenden Schultern.
»Ist das so schlimm?«, fragt sie sanft.
Kitty versucht, die Hand der Oberärztin abzuwehren, zieht und zerrt an der Decke, bis sie ihren Kopf darunter verbergen kann.
»Hast du solche Angst vor der Schule?«, fragt die Ärztin.
Kitty schüttelt den Kopf. Sie weint nicht mehr. Sie liegt ganz still.
»Was denn? Was ist es denn?«
Behutsam zieht sie Kitty die Decke weg. Kitty liegt da, mit weit aufgerissenen Augen.
»Was ist los, Kitty?«, fragt die Ärztin besorgt. »Tut dir etwas weh?«
»Ich will keine Maden mehr sehen. Ich will keine Träume mehr haben. Bitte. Ich will nicht mehr.«
Die Ärztin nimmt Kitty in den Arm, streichelt sie. Kittys ganzer Körper zuckt.
»Träumst du denn jede Nacht so etwas Schreckliches?«
Kitty nickt.
»Auch, seit du hier bei uns bist?«
»Ich weiß nicht«, flüstert Kitty. »Hier ist es nicht so schlimm.«
»Na siehst du. Wir helfen dir. Wir sind doch alle hier, um dir zu helfen. Es wird alles gut, das weiß ich.«
»Das können Sie doch gar nicht wissen«, flüstert Kitty trotzig.

»Doch, doch. Der Professor glaubt das auch.«

»Und warum darf ich dann nicht zu Sven? Warum darf Sven mich nicht besuchen?«

»Es ist noch zu früh«, sagt die Ärztin eindringlich, »du musst erst noch viel mehr zur Ruhe kommen. Verstehst du?«

»Und wieso soll ich dann schon in die Schule gehen? Ich weiß, dass dann alles wieder anfängt. Alles. Ich will nicht. Ich will nicht.«

»Was«, fragt die Oberärztin, »was fängt wieder an?«

Kitty presst ihr Gesicht an die Schulter der Ärztin. Sie schweigt. Die Ärztin streichelt Kittys zuckenden Körper und schaut dabei aus dem Fenster. Keiner spricht.

Irgendwann hat Kitty sich beruhigt. Sie lässt sich auf ihr Bett fallen und liegt ganz ruhig, auf dem Rücken, den Blick gegen die Zimmerdecke.

»Was siehst du da?«, fragt die Ärztin.

»Nichts«, sagt Kitty.

»Das ist doch gut, oder?«

»Ja«, sagt Kitty, »das ist gut.«

Die Ärztin steht auf. In der Tür dreht sie sich um und sagt: »Wenn du merkst, dass du es in der Schule nicht aushältst, dann warten wir noch ein bisschen. Dann versuchen wir es später wieder. In Ordnung?«

Kitty nickt.

»Aber vielleicht findest du es ja gut. Das wäre ein positives Zeichen, weißt du. Dann kannst du vielleicht bald schon einen Ausflug machen.«

Kitty richtet sich auf. Sie starrt die Ärztin an. »Einen Ausflug«, ruft sie.

»Ja, zu deinen Eltern vielleicht. Einen Nachmittag könntest du deine Eltern besuchen.«
Kitty schließt die Augen.
»Aber wenn du gerne etwas anderes machen würdest . . .«
Kitty schiebt sich an dem Kopfende hoch, schlingt die Arme um die Knie. »Wann darf ich mit Sven telefonieren? Ich muss ihn etwas fragen, etwas Wichtiges.«
Die Ärztin seufzt.
»Wenn ich mit Sven telefonieren darf«, sagt Kitty, »dann geh ich morgen auch in die Schule.«
Die Ärztin lächelt. »Das nennt man eine Erpressung.«
Kitty hebt nur die Schultern und starrt die Ärztin ungeduldig an.
»Und erpressen lassen wir uns nie. Aber ich werde mit dem Professor reden. Vielleicht morgen, nach der Schule. Sven geht doch morgens auch in die Schule, oder nicht? Wie alt ist er?«
»Siebzehn«, sagt Kitty.
»Siehst du. Dann kannst du ihn vormittags sowieso nicht erreichen.«
»Aber heute Abend. Heute ist Sonntag.«
»Heute nicht, Kitty. Du bist zu nervös. Ich muss erst mit dem Professor sprechen. Wir wollen erst einmal sehen, wie es morgen mit der Schule klappt. Aber ich verspreche dir, dass wir morgen darüber beraten. In Ordnung?«
Kitty hebt die Schultern. »Ich habe ja sowieso keine Chance«, murmelt sie und dreht sich weg.

19. Kapitel

Nach dem Frühstück kommen die Lehrer auf die Station und holen ihre Schüler ab. Andreas, Ulla und Kitty warten im Flur. Andreas hat Schulbücher bei sich. Kitty hat ihre braune Tasche genommen, mit den Schulsachen, aber sie weiß nicht, ob sie damit etwas anfangen kann.
Ihr Lehrer trägt bunte Hosenträger und eine rote Cordhose, ein Hemd mit Stehkragen und er hat einen Schnauzbart.
Er lächelt Kitty zu. »Ich bin Uwe Killing. Ich bin so gespannt auf dich, Kitty«, sagt er fröhlich. »Ich habe schon lauter tolle Sachen von dir gehört.«
Kitty runzelt die Stirn. »Was denn für Sachen?«
»Na, wie gerne dich alle mögen. Wie nett du bist.«
Kitty weiß nicht, ob sie das glauben kann. Misstrauisch folgt sie Andreas und Uwe Killing zur Tür. Der Lehrer schließt die Tür auf, lässt die beiden hinaus, schließt wieder ab, geht zu der Glastür, schließt die Glastür auf, schließt wieder ab und schreitet voran durch den endlosen, weißen, von grünen Neonlampen beleuchteten Flur. Dann wieder eine Tür. Wieder das Schlüsselbund. Wie brave Schafe bleiben Andreas, Ulla und Kitty neben der Tür stehen.
»Gleich ist es geschafft«, sagt Uwe Killing fröhlich.
»Und wieso müssen alle Türen immer abgeschlossen werden?«, fragt Kitty zornig. »Das ist echt blöd.«

»Wir werden eingesperrt, weil wir Verrückte sind«, sagt Andreas grinsend. »Stimmt doch, oder?«
Killing lacht. »Ich sage immer, wir schließen uns ein, damit die Verrückten von draußen nicht alle reinkommen. Wenn die wüssten, wie gut es hier ist, dann würden sie alle kommen wollen.« Er deutet mit dem Kopf auf eine Tür. »Da entlang, Herrschaften.«
Das Klassenzimmer ist ein winziger Raum mit zwei Tischen, einem vergitterten Fenster und einem Sofa unter dem Fenster.
Es gibt vier Stühle, ein Bücherregal, Bilder an der Wand. Aber keine Tafel.
Kitty ist erleichtert, als sie sieht, dass es keine Tafel gibt.
Der Lehrer betrachtet Kittys Schultasche. »Darf ich mal sehen, was drin ist?«
Kitty reicht ihm die Tasche.
Sie schaut zu, wie der Lehrer die Tasche öffnet und hineinschaut. Sie hält die Luft an. Wenn nun wieder die Maden auftauchen?
Ulla holt ein Heft mit einem sehr schönen Umschlag heraus und öffnet es da, wo sie das Lesezeichen eingelegt hat.
»Hast du weiter an deinem Tagebuch geschrieben, Ulla?«, fragt der Lehrer.
Ulla nickt, ohne aufzusehen.
»Und, wie ist es gegangen?«
»Geht so«, sagt Ulla.
»Bist du nicht zufrieden?«
»Ich weiß nicht. Ja, vielleicht. Eine Geschichte finde ich ganz gut.«

Der Lehrer mustert Ulla. »Darf ich die Stelle nachher einmal lesen?«
Ulla nickt immer noch, ohne aufzusehen.
»Danke«, sagt der Lehrer.
»Wieso sagen Sie Danke? Sie sind der Lehrer, Sie können bestimmen.«
»Ich würde es nicht lesen, wenn du es nicht willst. Das weißt du.«
Ulla sagt nichts. Der Lehrer sagt: »Das weißt du doch, Ulla?«
Schließlich seufzt Ulla und nickt. Der Lehrer lächelt, als habe er einen Sieg errungen.
Kitty muss Ulla immer anschauen. Sie denkt, so etwas hätte es auf meiner Schule mal geben sollen. Dass man gefragt wird, ob man sein Heft vorzeigen will.
»Und jetzt zu dir, Kitty«, sagt der Lehrer.
Kitty Herz schlägt schneller.
Der Lehrer lächelt, nimmt ein Buch heraus, blättert darin. Es ist das Deutschbuch. »Was habt ihr denn zuletzt in Deutsch gemacht, Kitty?«
Kitty kann sich nicht erinnern.
»Und in Englisch?« Er holt das Englischbuch heraus.
»Ich weiß nicht«, sagt Kitty. »Ich habe nicht zugehört. Ich war nicht gut in Englisch.«
»Du kannst dich an keine Lektion erinnern?«, fragt der Lehrer.
Kitty schüttelt den Kopf.
»Das glaube ich nicht«, sagt der Lehrer fröhlich. Er schiebt Kitty das Buch hin. »Blättre doch mal ein bisschen, ich bin sicher, es fällt dir wieder ein.«

Er legt das Buch auf Kittys Tisch, lässt es irgendwo aufklappen, verschränkt die Hände und wartet. Kitty starrt auf die Seite.

A visit to London, steht auf der Seite.

Ja, sie kann sich erinnern an die Lektion. Das ist lange her.

»Das ist lange her«, sagt sie. »Ich weiß, was da drinsteht.«

»Also gut, dann weiter. Blättre doch weiter!«

Kitty hat die Arme unter dem Tisch versteckt.

Sie will das Buch nicht anfassen, will nicht darin blättern. Vielleicht haben die Maden sich ja zwischen den anderen Seiten versteckt.

»Na los!«, sagt Killing aufmunternd.

Kitty beobachtet Andreas. Andreas hat sein Buch aufgeschlagen und liest.

Dabei bewegen sich seine Lippen. Er achtet überhaupt nicht auf Kitty und den Lehrer.

Aber der Lehrer hat Kittys Blick bemerkt.

»Um Andreas musst du dich jetzt gar nicht kümmern. Der hat eine Aufgabe. Der muss uns nachher auf Englisch erzählen, was in der Geschichte steht, die er gerade liest. Also, warum blätterst du nicht einfach weiter?«

Kitty schaut den Lehrer an.

Der Lehrer hat warme braune Augen und ein richtig herzliches Lächeln.

Er wirkt gar nicht gereizt und ungeduldig, gar nicht genervt. Er lächelt Kitty an und wartet.

Kitty will die Arme auf den Tisch legen, aber sie schafft es nicht. Sie hat Angst.

Dabei möchte sie, dass der Lehrer nett zu ihr ist, sie will

ihn nicht wütend machen. Aber sie kann die Arme einfach nicht auf den Tisch legen.

»Was ist?«, fragt der Lehrer sanft. »Willst du nicht oder geht es nicht?«

»Ich will schon«, flüstert Kitty, »aber es geht nicht.«

»Und warum geht es nicht?«

Jetzt schaut Andreas von seinem Buch hoch. Kitty bekommt einen roten Kopf. »Lies weiter! Andreas«, sagt der Lehrer, »wir reden gerade ein bisschen.«

»In Ordnung«, Andreas konzentriert sich sofort wieder auf seinen Test.

»Nun?«, fragt der Lehrer.

Kitty fährt mit der Zunge über die Lippen. »Ich habe Angst.«

»Ah. Du hast Angst. Na, das ist doch schon mal eine Auskunft. Und warum hast du Angst?«

»Warum, weiß ich auch nicht.«

»Aber du weißt, wovor du Angst hast?«

Kitty nickt.

»Und? Willst du es mir nicht verraten? Es bleibt auch unter uns. Unser Geheimnis.«

»In dem Buch waren Maden«, wispert Kitty. Sie hat einen glühend heißen Kopf. »Ich ekle mich so vor Maden.«

»Maden?«, fragt der Lehrer. »In diesem Buch?«

Kitty nickt. Ihre Hände immer noch unter dem Tisch, zwischen den Knien, die Schultern ganz eng zusammengezogen. Ihre Kopfhaut tut weh. Es surrt in ihren Ohren.

»Dann werde ich doch mal nachschauen«, sagt der Lehrer. Er zieht das Buch zu sich heran. Kitty hält die Luft an. Er blättert eine Seite nach der anderen durch. Hält das

Buch hoch, dreht es auf den Kopf, schüttelt es, blättert weiter.
»Sind alle weg«, sagt er.
Kitty schaut ihn an. Sie lächelt zaghaft. »Und in der Tasche?«, fragt sie.
»Waren sie denn auch in der Tasche?« Als Kitty nickt, nimmt der Lehrer die Tasche und leert sie aus. Andreas schaut neugierig zu, was da alles zutage kommt.
Ihr Notizbuch. Der angebissene Müsliriegel. Abgebrochene Bleistifte. Ein Anspitzer. Ein alter Fahrradschlüssel an einem Gummiband. Haarspangen. Geleebonbons, ganz verklebt und verstaubt.
Peinlich, denkt Kitty, das ist jetzt echt peinlich. An die Maden denkt sie gar nicht, bis der Lehrer sagt: »Also, hier habe ich allerhand entdeckt, aber keine Maden.« Er nimmt die Geleebonbons und hält sie hoch. »Wenn du die allerdings noch länger im Rucksack aufbewahrst, dann kann ich für nichts garantieren.«
Andreas lacht. Er lehnt sich zurück und lacht.
»Lach nicht, Andreas!«, sagt der Lehrer.
»Okay«, murmelt Andreas und liest sofort weiter.
»Ich schlag vor«, sagt der Lehrer, »Kitty und ich gehen jetzt mal zum Mülleimer und schmeißen alles weg, was sie nicht mehr braucht.«
Kitty nickt. Klar, das ist eine gute Idee. Aber so neu ist die Idee nun auch wieder nicht. Als das anfing mit den Maden, da hat sie die Tasche ganz oft ausgeleert und gesäubert. Um sicher zu sein, dass keine Maden aus dem Keller reingekrochen sind.
Aber das hat nichts genützt. Wenn sie die Tasche in der

Schule aufgemacht hat, sind sie herausgekrochen, über den Boden zur Wandtafel und von da zurück in ihre Schulsachen. Es war einfach so. Sie konnte gar nichts machen.
»Diese Maden«, sagt der Lehrer, »die früher in deiner Tasche waren, weißt du, wie sie reingekommen sind?«
Kitty nickt.
»Und verrätst du es mir?«
»Aus unserem Keller«, sagt Kitty.
Er hebt die Augenbrauen. »Ah«, sagt er begierig. »Aus eurem Keller. Was hast du da gemacht?«
»Da habe ich gelernt«, sagt Kitty, »mein Vater glaubte, dass ich mich dort besser konzentrieren könnte.«
»Klasse Idee«, murmelt Andreas grinsend.
»Du hältst den Mund«, sagt der Lehrer.
Er lächelt Kitty zu. Verschränkt die Arme auf dem Tisch. »Weißt du, was? Ich schlage vor, wir arbeiten einfach mit anderen Büchern. Neuen Büchern, die ich dir gebe. Und deine Tasche, die bringe ich in die Wäscherei. Da sollen sie die mal so richtig sauber machen. Was hältst du davon?«
»Viel«, sagt Kitty und lächelt.
Der Lehrer schaut auf die Uhr.
»Ich finde, jetzt soll Andreas uns mal erzählen, was er die ganze Zeit so Schlaues gelesen hat, und danach spendiere ich uns eine heiße Schokolade. Und wenn es weiter so gut läuft mit uns, dann könnten wir am Freitag vielleicht mal einen kleinen Ausflug machen. Was hältst du davon?«
Als Kitty mit Andreas wieder auf der Station ist, sagt sie zu Andreas. »Sag mal, das war aber ein komischer Unterricht!«

»Wieso?«

»Ich weiß nicht, ich habe gar nichts gelernt. Wir haben doch gar keinen richtigen Unterricht gemacht.«

»Das denkst du bloß«, sagt Andreas, »ich wette, du hast eine Menge gelernt.«

Plötzlich weiß Kitty, dass die Maden nicht wiederkommen werden.

Mittags beim Essen kommt die Oberärztin. Sie strahlt Kitty an. »Gute Nachrichten«, sagt sie.

Kitty springt auf.

»Darf ich? Mit Sven?«

Die Ärztin nickt. »Nach dem Essen kommst du ins Ärztezimmer, ja? Und dann rufen wir gemeinsam an.«

Kitty setzt sich wieder. Sie stochert in ihrem Essen. Nach dem Essen kommst du ins Ärztezimmer und dann rufen wir gemeinsam an. Rufen wir gemeinsam an. Rufen wir gemeinsam an.

Ich will doch allein mit ihm reden, denkt Kitty verzweifelt. Ich kann doch nicht mit ihm reden, wenn die zuhören! Dann krieg ich doch kein Wort raus!

20. Kapitel

Sven hat einen Kasten mit Limoflaschen die Treppen hochgeschleppt. Er lässt die Limoflaschen fallen und kramt in seiner Hosentasche nach dem Schlüssel, als er hört, dass das Telefon klingelt.

»Scheiße«, flucht Sven.

Endlich hat er den Schlüssel. Steckt ihn ins Schloss, ungeduldig, und darum dauert es länger. Das Telefon klingelt. Als er die Tür gerade aufstoßen will, öffnet der Nachbar die Wohnungstür. »Ah, Sven, gut dass ich dich gerade treffe, ich habe . . .«

»Mein Telefon«, schreit Sven. Er stürzt in den Flur, stößt die Tür zu seinem Zimmer auf.

»Scheiße«, brüllt er, »wo ist das verdammte Telefon.« Da liegen seine Sachen, die Matratze von Kitty, ihre Daunendecke (inzwischen auf seinem Bett), Kittys Sachen, seine Sachen, alles durcheinander. Seit Kitty weg ist, hat er noch nicht aufgeräumt. Das Telefon klingelt.

Er schleudert die Sachen durcheinander. »Jaja, verdammt. Gleich«, brummt er.

Als er seinen blauen Pulli hochhebt, entdeckt er das Telefon. Er reißt es hoch.

»Ja?«, brüllt er. »Ich bin es, Sven.«

Aber da klingelt es nicht mehr. Er hört nur noch das Besetztzeichen.

Generv starrt er das Telefon an.

Kitty steht am Schreibtisch der Oberärztin, das Telefon in der Hand. Die Ärztin tut, als wenn sie sich Notizen macht. Aber Kitty weiß, dass sie ihre Ohren gespitzt hat. Kitty legt wieder auf.

»Was ist denn?«, fragt die Ärztin.

»Keiner da«, sagt Kitty. Sie versucht, ihre Enttäuschung zu verbergen.

»Keiner da? Aber das glaube ich nicht. Du hast doch gesagt, er hat montags um halb eins Schluss, jetzt ist es halb zwei. Er ist bestimmt zu Hause.«

»Ich hab's doch eben versucht«, knurrt Kitty gereizt.

Die Ärztin schaut sie an.

»Kitty, du weißt, dass du nur unter Aufsicht telefonieren darfst. Damit musst du dich abfinden.«

Kitty nickt.

»Also, dann versuch ich es einmal. Sagst du mir die Nummer an?«

Die Ärztin nimmt den Hörer hoch, wählt die Nummer, die Kitty ihr diktiert. Sie hört das Freizeichen, lächelt Kitty zu.

Kitty steht starr, mit zusammengepressten Lippen.

Plötzlich sagt die Ärztin: »Ich gebe weiter. Einen Augenblick.«

Sie reicht Kitty, die mit aufgerissenen Augen ganz starr dasteht, den Hörer. »Sven ist dran«, sagt sie freundlich.

Kitty nimmt den Hörer. Sie zittert so, dass sie Angst hat, der Hörer würde ihr aus der Hand fallen. »Sven? Bist du das?«

»Ja, verdammt. Wer spricht denn da?«

Kitty räuspert sich. Ihr Hals brennt. »Ich bin es, Kitty.«

»Kitty?« Eine Pause. Er hält die Luft an. »Kitty? Du? Wirklich? Oder verarscht mich da jemand?«
»Ich bin es wirklich. Ich rufe hier aus der . . . ich meine . . . ich rufe vom Krankenhaus an, aus der Station . . .«
»Mensch, Kitty. Ich fass es nicht. Ehrlich? Du bist es? Ernsthaft? Warte, ich muss mich setzen, Augenblick, ja? Leg nicht auf! Ich setz mich bloß. Ich bin total durcheinander.«
»In Ordnung, ich warte«, flüstert Kitty.
Die Ärztin blickt sie nicht an. Sie sitzt über ihrem großen Buch und schreibt irgendetwas.
Kitty lehnt sich an den Schreibtisch, weil ihre Beine so zittern.
»Jetzt«, sagt Sven. »Schieß los! Wie geht es dir? Was ist überhaupt los? Wieso behalten sie dich da? Ich kapier gar nichts. Mir haben sie gesagt, du bist in der Psychiatrie.«
»Stimmt auch. Stimmt genau.«
»Echt? In der Psychiatrie. Da muss es ja megaschlimm sein.«
»Nein«, sagt Kitty, »ist es gar nicht. Eigentlich nicht. Eigentlich ist es okay. Ich fühl mich ganz gut hier.«
Die Ärztin schaut auf, aber gleich wieder weg. Kitty dreht ihr den Rücken zu, damit die Ärztin nicht ihr Gesicht sehen kann. Ihre glühenden Wangen. Das Blitzen in den Augen. Endlich seine Stimme! Endlich kann sie mit ihm reden.
»Ich habe versucht, dich anzurufen«, sagt Sven aufgeregt.
»Echt? Das hast du wirklich getan?«
»Na klar, Mann. Nachdem ich die ganze Nacht da im Krankenhaus auf dem Holzstuhl in dem kalten Flur gewartet

habe, bis ich endlich wusste, dass du okay bist, habe ich natürlich versucht, dich anzurufen.«
Kitty lächelt. Sie atmet tief durch. »Ich hab's auch versucht, aber es hat nicht geklappt. Sven, ich wollte nur sagen . . .«
»Was denn?«
»Es tut mir leid.«
»Was? Was tut dir leid?«
»Ich weiß nicht. Alles. Dass ich dich da mit reingezogen habe.«
»Mann! Du hast mich in gar nichts reingezogen. Was ist das denn für eine Kacke, die du da redest? Ich habe mich da selber reingezogen, wenn wir das schon so nennen wollen. Du hast gesagt, dass du bei deinen Eltern eine Krise hast wegen deiner Träume und dass du das nicht hast, wenn du mich besuchst, und da habe ich gesagt, okay, dann komm doch einfach zu mir! Dann probieren wir das aus.«
»Das war ja auch supernett von dir. Und deshalb ist es mir so peinlich . . .«
»Dir muss gar nichts peinlich sein.« Eine kleine Pause. Kitty wartet mit klopfendem Herzen. »Hey, weißt du, dass ich immer unter deiner Decke schlafe? So was von kuschelig! Wahnsinn!«
»Freut mich«, murmelt Kitty. Sie muss an ihre Decke denken und auf einmal an ihr Zimmer zu Hause und an ihren Teddy, der noch in der Ritze liegt, falls ihre Mutter nicht aufgeräumt hat. Und sie lächelt, als sie an alles denkt. Der Vater fällt ihr plötzlich ein, wie er manchmal von der Arbeit ihre Lieblingskuchen mitbringt, die Schokomuffins.

Und ihre Mutter, die ihr heimlich einen Zehner zusteckt, weil sie so gerne im Kino TITANIC sehen will, aber das Taschengeld schon alle ist. Auf einmal denkt sie an lauter schöne Sachen. Sie kann es gar nicht fassen. Sie hört, wie Sven atmet, Sven schläft unter ihrer Daunendecke und ist überhaupt nicht sauer auf sie.

»Und?«, schreit er ins Telefon. »Was ist mit deinen Scheißträumen? Haben die das endlich im Griff?«

Kitty muss lachen. »Ich weiß noch nicht. Vielleicht. Ganz bestimmt.«

»Mensch, Kitty. Mensch, das ist klasse, dass du angerufen hast. Ich würde dich ja besuchen . . .«

»Wirklich?«, fragt Kitty. »Warte mal!« Sie dreht sich zu der Ärztin um. »Sven fragt, ob er mich besuchen kann.«

Die Ärztin legt den Stift weg. »Nein, Kitty, ich glaube nicht, dass das möglich ist. Aber vielleicht kannst du bald Ausgang bekommen. Und dann könnt ihr euch treffen.«

»Und wann ist bald?«, fragt Kitty.

»Das weiß ich nicht. Das hängt ganz von den Fortschritten ab, die du machst.«

»Also dauert es noch ewig«, sagt Kitty. Das Lächeln erlischt.

»Vielleicht geht es schnell.«

Kitty nimmt den Hörer wieder ans Ohr. »Im Augenblick geht es noch nicht«, sagt sie, »aber vielleicht bekomm ich bald Ausgang. Dann können wir uns treffen.«

»Oh, klasse«, schreit Sven. »Das wäre echt super.«

»Ja«, sagt Kitty lahm. »Das wäre super. Ich glaube, ich muss jetzt Schluss machen, Sven.«

»Rufst du wieder an?«

»Ja, mach ich.«
»Versprochen?«
»Versprochen.«
»Großes Ehrenwort?«
»Großes Ehrenwort.«
Kitty legt auf. Ihr ist ganz heiß. Sie hat einen glühend roten Kopf. Aber sie lächelt. »Danke«, sagt sie. »Danke, dass ich mit ihm reden durfte.«
Die Ärztin klappt das Buch zu, in dem sie geschrieben hat. »Fühlst du dich jetzt besser?«
Kitty nickt.
»Wie denn besser? Erleichtert?«
»Ja«, sagt Kitty erleichtert.
»Das ist gut. Vielleicht möchtest du noch jemanden anrufen?« Sie mustert Kitty eindringlich.
Kitty runzelt die Stirn. »Wen denn noch?« Sie denkt an die Schule. Nie, niemals würde sie ihren Lehrer anrufen. Auch nicht Nadine, ihre Freundin von früher. Mit Nadine hat sie sich in den letzten Monaten gar nicht mehr getroffen. Mit Nadine ist es aus, seit Nadine gesagt hat: »Du bist ja verrückt.« Sie hat es so gesagt, dass Kitty beinahe dachte, sie meint es ernst.
»Vielleicht willst du mit deinen Eltern telefonieren«, sagt die Ärztin.
Kitty schaut die Ärztin an. Sie überlegt einen Augenblick. Sie stellt sich die Wohnung ihrer Eltern vor, ihre Mutter, die von der Arbeit kommt, den Vater. Wie sie die Uniformjacken an die Garderobe hängen, wie ihr Vater die Stiefel auszieht und das Schuhputzzeug rausholt und die Stiefel poliert.

»Nein«, sagt Kitty, »jetzt nicht.«
»Später vielleicht«, sagt die Ärztin, die Kitty die ganze Zeit aufmerksam beobachtet.
»Ja, vielleicht später«, murmelt Kitty.
Im Hinausgehen sagt die Ärztin: »Deine Eltern waren übrigens gestern hier. Wir haben ihnen gesagt, sie müssen sich keine Sorgen machen. Es wird alles gut.«
»Meine Eltern waren schon wieder da?«, fragt Kitty. Sie versteht nicht, warum sie ihre Eltern nicht sehen durfte.
»Sie haben dir neue Sachen gebracht, zum Anziehen. Deine Mami sagt, du hast dir immer einen Pulli mit Kapuze gewünscht, grau.«
Kitty lächelt. »Stimmt.«
»So einen Pulli hat sie dir gekauft. Ich glaube, er liegt in deinem Zimmer. Sharon hat ihn in dein Zimmer gelegt.«
Kitty läuft in ihr Zimmer. Auf dem Bett liegt der Pulli, von dem sie immer geträumt hat. Ihr Vater hat gesagt: »So einen Pulli tragen doch nur die Gangster in amerikanischen Krimis. So etwas zieht meine Tochter doch nicht an.«
Kitty hat gesagt: »Aber wenn das gerade Mode ist, Papi.«
Und ihr Vater hat gesagt: »Was Mode ist, interessiert mich nicht.«
Und auf einmal liegt der Pulli da.
Kitty presst den Pulli an sich und dreht sich um. Da steht die Ärztin in der Tür. Sie lächelt. »Da freut sich aber jemand.«
»Ja«, sagt Kitty, »ich freu mich echt.«
»Deine Eltern möchten, dass es dir gut geht. Sie machen sich große Sorgen.«
Kitty runzelt die Stirn. Sie denkt an den Teddy, den sie ein-

geklemmt in der Bettritze zurückgelassen hat, immer wieder muss sie an ihren Teddy denken, sie weiß selbst nicht, warum.

»Ich will ja auch, dass es den Eltern gut geht«, murmelt Kitty.

»Na siehst du«, sagt die Ärztin munter, »das ist doch schon mal ein guter Satz. Das werde ich deinen Eltern erzählen. Sie haben von euren Ferien an der Ostsee erzählt. Deine Mutter träumt davon, mit dir wieder hinzufahren. Wenn du wieder gesund bist. Sie sagt, da warst du so glücklich, stimmt das?«

Kitty schaut die Ärztin an. Die Ärztin streicht ihr über das Haar.

»Du wirst sehen, Kitty, bald geht es dir wieder gut. Und du kannst einfach hier rausspazieren.«

Kitty lächelt. »Dann muss ich als Erstes in die Kleiststraße 14. Und der alten Frau den Schal zurückbringen. Den brauche ich dann nicht mehr.«

Brigitte Blobel

Kein Weg zu weit
Ein Mädchen zwischen
Flucht und Hoffnung

Seit ihr Vater aus Eritrea fliehen musste, patrouillieren Soldaten vor Azmeras Elternhaus. Mit einem Schlag sind Schule, Studium, ein normales Leben unerreichbar. Mit dem letzten Ersparten macht sie sich auf die Flucht nach Europa. Unterwegs trifft sie Pedros, erst ihr Bruder auf dem Papier, schließlich ihr Freund. Sie beide eint die Hoffnung auf Freiheit, eine Hoffnung, die sogar stärker ist als ihre Liebe.

Arena
256 Seiten • Gebunden
ISBN 978-3-401-60220-2
Auch als E-Book erhältlich
www.arena-verlag.de

Brigitte Blobel

Jeansgröße 0

Neidisch betrachtet sie die Hose. Diese dünnen Beinchen, dieser winzige Bund! Wie wenig Stoff das ist! Jeansgröße 0, denkt sie. Seit Katharina ihre neue Mitbewohnerin Lilja kennengelernt hat, gibt es nur noch eins: genauso hip zu sein wie sie. Angesagt zu sein. Und das zu tragen, was alle wollen: Jeansgröße 0. Katharina hat keine Ahnung, in welche Gefahr sie sich damit bringt.

256 Seiten • Arena-Taschenbuch
ISBN 978-3-401-02772-2
Auch als E-Book erhältlich
www.arena-verlag.de

Herzsprung

Nina lebt in einer nach außen hin perfekten Familie. Doch sie trägt schwer an einem Geheimnis, von dem niemand etwas ahnt – Nina wurde von ihrem Stiefvater sexuell missbraucht. Kurz vor ihrem 15. Geburtstag steht Nina vor der Entscheidung, ihr Geheimnis preiszugeben: Sie ist verliebt.

224 Seiten • Arena-Taschenbuch
ISBN 978-3-401-02774-6
Auch als E-Book erhältlich
www.blobel-lesen.de